100年人生 七転び八転び

「知的試行錯誤」のすすめ

外山滋比古

さくら舎

はしがき

いつのまにか、九十五歳になった。生まれは大正十二（一九二三）年、戦前である。若いころ、いつまで生きるかと陰でいわれていただけに、すこし妙な気持ちになっている。

これまで、過去を振り返るのは、はしたないことと考えてきた人間だが、気が変わって、かつてのことがすこし、なつかしいような気がしてきた。

間近に見る荒山は、いかにもむさくるしいが、離れてながめると、かすんで、青く見える。

人生にも、似たことがあるかもしれない。これまで目をそむけていたところを、はるかな景色としてながめるのも一興か。

そんなふうに思って、これまでを振り返って、よそごとのように綴《つづ》ったのが、この本である。

ご覧いただける方があれば、望外の仕合わせである。

外山滋比古《とやましげひこ》

目次◆100年人生　七転び八転び──「知的試行錯誤」のすすめ

5　退屈は人生の大敵

6 人間の不思議

補遺 「100年人生を生きるコツ」（外山滋比古・談）

年齢ごとに頭の使い方を切り替えていく／自分の頭で考えていれば、いくつになっても変わらない／「もうトシだから、そろそろ考えるぞ」／おもしろいことがあれば大丈夫／一年が早い人は〝悪〟が足りない／混ざりものがあるから18金は強い／頭を使った生き方＝〝悪人〟になって生きること／「常識的」は無害だが存在感もない／いくつになっても脱線のすすめ／不安があるから頭を使う／生きがいは自活から生まれる／不安は「力」なり

＊各章扉の筆跡は著者

100年人生　七転び八転び

――「知的試行錯誤」のすすめ

1 反常識の道をゆく

いくら何でも、やがて数学は終る。とか
まで生きていっしかないかもしれないが、い
たんやるときめたことを、都合がわるくなっ
たから、辞めます、というのはいかに卑劣
である。ひそかにそんなことを考えて、いや
な思いをふりすてた。
おかしかったのは、英語をすてて商学部な
どへ入学しなおした人たちである。上とは英
語をやっていたのだからと言って、英語をもどっ
てきて、アメリカ人のアルバイトをやり、今

英語なら負けない

「トヤマなんざ、陸上競技がやりたくてこの学校へ来たんだから……」

よく通るK先生の声。職員室と廊下のガラス戸が開いている。

なんたる偶然……そのときたまたま、廊下を、その本人が通ったのである。

偶然におどろくより、走ったり跳《と》んだりして得意になっていたのに、水をかけられたようで、ひどくおもしろくない。

そんなふうに見られているなら、陸上競技なんかやめてしまおうと腹を立てた。一足しかない破れスパイクを、ゴミ捨て場へ捨てた。

小学校（愛知県西尾《にしお》市）の六年生のとき、友だちもなく、城山でターザンの真似《まね》をしていてケガ。化膿《かのう》させて、丹毒《たんどく》になり、生死の境をさまよった。

五十余日入院して、学校へ帰ってみておどろいた。身長がひどく伸びていたのである。信じられないくらいで、クラスの前の座席から、最後部へ移された。横になっていると身長が伸びることを、だれから教えられたのではなく発見したようであった。

伸びたのは、背丈《せたけ》だけではなかった。中学校（旧制）に入って最初の運動会で、走るのも速く、跳ぶのも高く、たいていの種目で学年一番。メダルをいくつももらい、すっかりいい気になった。

寄宿舎にいたから、放課後の時間はたっぷりある。三年生になると、万能選手のようにいわれて得意であった。ひょっとすると全国的な選手になれるかも、と考えたのだからおかしい。

もちろん陸上競技の選手になりたくて、この中学へ入ったのではない。うちにいては危ないと父が考えて、寄宿舎へ入れたのである。

小学三年の秋、母を失った。ぼんやりしたこどもだったから、それがどんなことかなどわかるわけがない。半年、一年して、すこしずつわかってきた。

新しい母ができて、半分、気が変になった。父に離婚してもらいたいと思って、家出まがいのこともした。

父が寄宿舎のある中学へ入れたのは、ひとつの知恵である。うちより、どれくらいよいかわからない。寄宿舎はいいところであった。

そこへもってきて、陸上競技の開眼がある。おもしろい日がつづいて、うちを忘れるほどであった。

「この調子で記録を伸ばせば、十種競技で活躍できるかもしれない」

そんなたわいもないことを考えていたときに、K先生のことばが耳に入った。天啓のように思った。勉強そっちのけでグラウンドをかけめぐったりして、何になるか。学校はやはり勉強するところ。勉強第一、スポーツ第二でなくてはいけない。よし、運動をやめよう。

そう思って、一足しかなかった古スパイクを捨ててしまって、さっぱりした。

まちの本屋で、山崎貞《やまさきてい》の『新々英文解釈研究』を求めた。五年生でもやや手ごわい参考書である。三年生では歯が立たないが、意地である。必死になってとり組み、わからぬまま、二度読んだ。それでもわからぬから三度読んだら、ようやく、おもしろくなってきた。

四年生になった。この学校は、四、五年共通の模擬試験を春、秋におこなった。当時、中学四年修了で受験できる高等学校があったから、四、五年共通の試験は意味があった。ある日、さきのK先生が授業でわれわれのクラスにやってきて、のっけに、

「このあいだの模擬試験。四年五年を通して最高点は外山であった……」

あんなにおどろいたことはない。どういう顔をしてよいかもわからない。クラスの者が、ワッーと言ったような気がする。

よし、英語ならいけるかもしれないと思っていると、五年生が、外山って、どんなヤツかとのぞきにきた。悪い気はしない。

英語なら他人《ひと》に負けないといった気持ちがわいてきた。

あとから考えると、英語を選んだのは不運だったのであるが、田舎《いなか》の中学生には、そんなことがわかるわけがない。すこしばかり天狗《てんぐ》になっていたようである。

敵性語を学ぶ変わり者

入学試験は、人生第一の関門である。

かつて、戦前の社会は、出身学校によって差別されていた。旧制の大学卒はごくわずか。専門学校が一般向きで、高等商業学校、高等工業学校に人気があった。その下に、中等学校がある。大多数の者は、小学校卒であった。田舎の中学生は、社会の仕組みなどもよくわからないから、いい加減に受験して、一生を誤る者がすくなくなかった。

そういう田舎の中学生だったから、進路にしっかりした考えがない。受験雑誌などのいい加減な記事によって志望を決めていた。かわいそうである。

私は中学を出るとき、上級学校の入試を三つ受けて二つ失敗し、浪人がいやだから入学したのが、東京高等師範学校の英語科であった。そのころ英語科へ入ろうというのは変わり者で、目先がきく都会の中学生はそんなものに目もくれない。

英語が好きだから入ったのではなく、うかうかしていると徴兵にひっかかるから、とりあえず入っておこうという連中が多い。

私が英語科に入ったのは、昭和十六（一九四一）年である。すでに戦争に向かって動き出していた。文化人といわれる人が「鬼畜米英」にちかいことを叫《さけ》んでいた。

われわれが入学した英語科は、三十二名。うち、現役は三名。あとはすべて浪人であった。

十二月八日、太平洋戦争開戦。十日もしないうちに十名くらいが退学。次の入試でほかの学科に移るという。友だちが浮き足立っているのを見て、逃げ出した者もいる。

親切な先輩や知人が「悪いことは言わない、足もとの明るいうちに逃げ出したほうがいい」などと言うと、動揺する。

しかし、私は戦争になってむしろ、さっぱりした。英語でいこうと決めた。

就職がないぞ、と言う人には、「離れ小島の灯台守《もり》はなり手がないという。やる気になれば、することはあるさ……」などと返した。

いやだったのはまちの愛国者。下宿探しをしていると、「スパイのことばをやっているやつには、部屋を貸せない」という善良なじいさんがいた。

学校のテキストの下読みをしていて、前に立っている人品いやしからぬ紳士から「恥を知れ」と、平手打ちを食わされたというクラスメイトの話を聞いて、じっとこらえるのは楽ではなかった。

いくらなんでも、やがて戦争は終わる。それまで生きていられないかもしれないが、いったんやると決めたことを、都合がわるくなったから、やめます、というのはいかにも卑劣《ひれつ》である。ひそかにそんなことを考えて、いやな思いを振り捨てた。

おかしかったのは、英語を捨てて高等部などへ入学しなおした人たちである。もとは英語をやっていたのだからといって、戦後、英語にもどってきて、アメリカ軍のアルバイトをやり、チョコレートなどをもらって喜んだ連中がいたことである。

英文科に籍をおきながら、アメリカ軍の雑役《ざつえき》をアルバイトにして、ときめいた若者がすくなくなかったことである。

にがにがしく思っていたが、天は正直である。どういう罰を与えたのかわからないが、あわれなことになるケースが続出したのである。あわれというにはひどすぎる。

自殺するのである。どうして命を絶つのか、想像もつかない。すくなくとも、学生や若い者としては法外な収入があったはずである。しかし、死ぬほどのことがあったらしい。

われわれ意気地なしは、アメリカ人にこき使われるより、食べるものにこと欠いても、意地を張って旧敵の文化を学んでいたから、死ななくてすんだのかもしれない。

高等師範学校を卒業し、東京文理科大学（のちの東京教育大学、現筑波大学）英文科に進んだ。

アメリカに学ぶといっても、学ぶものがない。イギリスならある。イギリスも、二十世紀文化はおもしろくない。イギリスの小学生でも知っていることを、いい年をして勉強するのは滑稽《こっけい》である。

そう考えて、イギリスの中世文学、ジェフリー・チョーサーを勉強することにした。

「ワン、サット、アプリルレ、ウイズ、ヒズ、シューレス、ソーテ……」

というのが、その代表作、『カンタベリー物語』の冒頭である。現代英語とはまったく違う十四世紀の中世英語である。

こういうものは、毎日、八時間、九時間没頭《ぼっとう》していると、おのずから浮き世を忘れる。チョーサーも、ヨーロッパ大陸文化を嗜《たしな》みながら、イギリスの国民的詩人になっていったことが、おぼろげながら感じられて深い感銘《かんめい》を受ける。大陸の近くの小島国の生きる道はけわしいことを、チョーサーは言外にあらわした。たいへん、おもしろかった。あやうく、二十世紀を忘れるほどであった。

しかし、勉強は甘くない。

周囲から、役に立たない中世英語をなぜ、と反対される。不用意に外国の古典にとり組んでも、得られるものは知れている。研究といえるようなものが、できるわけがない。危険である。だが、それがよくわからない。どうしたらいいか、とにかく論文を書きたいが、エッセイすら書く力がないのははっきりしている。

わけもわからず、外国のことば、外国の文学に興味をもったのがいけないのだが、いまさら、そんなことをいってみても、しょうがない。困った。

アルバイト先生

「中学教員英語科の免許をもっている方はいらっしゃいませんか」

講義が終わって廊下へ出ると、中年の紳士が大声で、叫ぶように言っている。

終戦の翌年の春、東京文理科大学でのことである。そのころの制度では、東京高等師範学校（四年制）の三年修了で文理科大学へ進学できたから、たいていの学生は教員免許状をもっていなかった。

こちらは、急いで戦争に行くこともないと、高等師範を卒業してから文理大へ入った（教員養成課程の学生には徴集延期が適用されたのである）。だから教員免許をもっていた。

二十名くらい学生がいたと思うが、免許をもっているのはほかにいなかった。

叫んだ紳士は、私をひっぱってH中学校へ連れていき、明日から授業してくれと言う。この中学の副校長であった。

その学生服ではなんだからといって、そのころ流行していた国民服をくれた。これを着て明日の朝礼に出てくれ、生徒に紹介する。

そんなわけで、思いもかけず、中学の〝先生〟になった。アメリカの兵隊に小突かれるよりよほどましだと思った。

はじめて、まかされた三年生のクラスへ行っておどろいた。英語はどれくらい勉強したかときくと、自分の名前は〝英語〟で書けます、と言う。

三年になったのに、英語の教科書を見たことがないのである。並たいていのことではダメだと思ったから、

「ぼくの言うとおりにすれば、来年の春、つまり三年生の終わりまでに、三年生のリーダーを終わらせてみせる。しかし、それには条件がある」

そして、いろいろなことを要求。いやなら、

「ぼくは帰る。ぼくが消えてから、クラス会をひらいて、言うことをきくかどうか、相談してほしい」、そう言って引きあげる。

やがて級長が職員室へやってきて、「みんな、どんなことでもすると言っています。どうかやめないでください」と訴える。

かわいそうになって、「よし、やろう。みんなにガンバレと伝えてください」と授業をはじめる。

学校の勉強だけでは、三年分の教程を一年で仕上げるなどできるわけがない。どんどん宿題を出す。「やってこない生徒が二名いたら、授業はやめる」、そう言って、ずいぶん無理な宿題を出すが、みんながんばってやってくるので、かわいくなり、「きみたちは素質がある。ひょっとすると、この一年で、三年分の英語を身につけられるかもしれない」

と言ったら、みんなじつにいい顔で笑った。

それでも、宿題をしてこない者が出る。約束だからと教室を出る。級長がやってきて、「すみませんでした。勘弁してください。みんなでそう言っています。すみません」

無理なことはこちらも承知だから、すぐ許してまた授業、というようなことがあった。

ほかの教科の先生たちが、生徒が英語ばかりやっていて、こちらの勉強がおろそかになっていると不平をとばすから、さきの副校長に、だいじょうぶかときくと、「生徒は大喜びしています。かまわず、どんどんお進めください」と励まされた。

学校側も喜んでいたらしい。

毎月のように、給与をあげてくれ、専任の先生に近い待遇《たいぐう》をしてくれる。毎月の仕送りが不要になり、父に、当分、仕送りは不要と言ってやった。おやじは、変なカネは手にするなよ、と心配した。

九月の終わりに二年生のリーダーを終えて、みんなでバンザイを叫ぶ。それから四ヵ月、とうとう三年の教科書を終えた。

「よくやった。この調子でやれば、だれにも負けない力をつけられる。ぼくは、四月から卒業論文作成に没頭しなくてはならないから、諸君を教えられないが、この調子でやればだいじょうぶだ。ガンバレ」

と言うと、教室がふくらむような叫び声が起こった。

その後のことを気にしていた。

旧制中学は五年制だから、二年後には、当時の高専の入試である。

風の便りに、かつてのわがクラスの生徒が、すごい成績をあげたということを聞いて、あらためて、がんばったかつての生徒を思い起こした。

戦後、間もないころのこと。英語科、英文科の入試は最難関である。とくに、東京外事専門学校（のちの東京外国語大学）英語科は、もっともはげしい競争で知られていた。私の教えたクラスの者で、ここの英語科に合格したのが二名あったと聞いて、わがことのように喜んだ。

この年になっても、そのころのことを思い出すと、胸が熱くなるようである。

反常識は枯れない

戦争に負けて、おかしくなった人間がうようよしていたころである。

アメリカが、敗戦国の若者を自国に留学させてやると言った。このあいだまで、鬼畜米英などと叫んでいたものが、とび上がらんばかりに喜んで、貨物船でアメリカに渡った。たいへんなブームになって、すこしでも英語のできるものが目の色を変えて、試験を受けて、アメリカへ行った。

私も英語教師のはしくれである。アメリカ留学に関心がないといえばウソになる。しかし、どうしても、アメリカへ行く気になれない。

べつに戦争にこだわったわけでもないが、アメリカにバカにされているのがおもしろくなかった。われわれはイギリスのことば、文化に心を寄せ、アメリカを問題にすることがすくなかった。

タダで留学させるといわれて飛びつくのは、いかにも軽薄である。留学には哲学がいる。その哲学がなくて留学した明治以降の日本のエリートは、ほとんど無為《むい》であった。わけのわからぬ一般の人たちから〝留学して学を留めた〟などといわれた。

そんなふうに拗《す》ねたのである。非留学をひとつの考え方であると思った。

「留学なんか、してやるものか」

そう考えて、英語、英文学への志《こころざし》を新たにした。

ごく親しくしていた国文学の友人が心配してくれた。留学しておかないと研究もうまくいかないのではないか。せっかくのチャンスだから、やはり、留学したほうが賢明ではないか——友人のことばには誠意、友情がこもっていてありがたいとは思ったが、したがうことはできない。

「きみたちは、平安朝へ留学しないが、りっぱに源氏物語の研究をしている。もし留学が可能であったらなどと考えることもできないが、留学したって、たいしたことはできないだろう。日本で英語、英文学をやるのも、いくらか古典研究のようなところがある。留学は、ひょっとすると、マイナスになるかもしれない。すくなくとも、日本人としてできる勉強は、外国に留まってなくても進められるだろう。だいたい、一年や二年、留学したところで、学べるところは知れている。母国を離れて〝外国〟文学は存在しない。ぼくは、そんなふうに考えている。間違っているかもしれないが、それに殉《じゅん》ずるつもりだ……」

そんなことを言ったのは、七十年前のこと。

愚鈍《ぐどん》の身である。変節ということはできない。

仲間はつぎつぎ留学する。そしてなにがしか新しい知識をもって帰るが、びっくりするような成果は上がらないのである。いつまでも同じことをつついていると、外国におくれる。もう一度、留学する奇特な人もないではないが、借りもの、モノマネに花の咲くことはむずかしいようである。

そこへいくと、非留学人間はアウトサイダーだから、気が楽だ。向こうで何が流行しようと自由だが、こちらがお付き合いする義理はない。気が楽。勝手なことを勝手に考えるのである。

せっかくアウトサイダーになっているのだから、インサイダーの考えないことを考えないと張り合いがない。

留学学者の、半分模倣、半分誤解の論文を横に置いて、非留学の野暮天《やぼてん》は勝手な仮説のようなものをつくり上げる。

もちろん、正説《しょうせつ》などにはならないが、モノマネがすぐ古くなるのに対して、非常識的ドグマ（独断）は枯れるのに時間がかかるようである。ひょっとすると次の時代にまで生きのびることができるかもしれない。

非留学者は、小さな袋小路に迷いこんだらコトである。専門などといって、小さなことにかかずらわっていると、いつしか、大問題のように誤解することになりかねない。そんなことがあってはたいへんである。

文学の研究にしても、文学作品ばかり読んでいては、〝木を見て森を見ず〟のようなことになりやすい。

心理学もおもしろい。社会学もおもしろい。サイエンスもおもしろい。そう考えるのが健康な思考である。

ヨーロッパやアメリカでも、アウトサイダーのアプローチが一部で注目されているようだが、なかなかうまくいかないらしい。インサイダーがにわかにアウトサイダーになれないのは是非《ぜひ》もないこと。

そこへいくと、はじめからアウトサイダーである人間は、自由に新しいことを〝発見〟することができる。

留学しなかった、できなかった人間は、身の丈《たけ》に合ったドグマで自分を守るのである。

2　ころがる石あたま

授業が終っても私は空を見るなり気がしない

政をっきり降り前下すところで、ぼんやり空

さながめていると、大学同期の国文科の舩が

桶屋町、りどうしたのと声をかけたりきほど

おかしかりたのやろう。

空は、といって、勉強が忙しいどろに先束た、

いことを訴えると、それぱ、こちらも同いだ、

とさとき会って元気のひるおくやへりをして

ばいうか。これど飲ずくんの根寒。

二人でほさびしい、もうとり違えの訳わら飲

名門校を飛び出す

昭和二十一（一九四六）年九月、東京文理科大学を出た。戦後の特別措置で、九月に卒業と入学があった。

どうしたわけか、私は、東京高等師範学校の附属中学へ行くと決まっていた。英語教師の口である。いいコースで、うらやむようなことを言う友人もいた。

若いから、こちらも、いくらか得意であったかもしれない。いい気になって、新米教師になった。

そのころ、〝附属〟とつく学校は、師範学校、高等師範の教育実習校に限られていた。師範学校の附属小学校は各都道府県にあったが、附属中学は、東京と広島にしかなかった（附属高校は東京と奈良にしかなかった）。

東京高等師範学校附属中学はその中でも際立《きわだ》っていて、秀才を集めていた。入試のむずかしいことも有名で、田舎の小学校を出た者には歯が立たない。

そういう附属学校の教師になって、いい気になっていたにちがいない。

だが、三ヵ月もすると、早々に、幻滅のような気分になった。

「これはいけない。こんなところにいては、人間、くさってしまう」

本気でそんなことを考え出した。

いちばんいけないのは、生意気な生徒。名士や学者の子、孫というのがゴロゴロいて、先生なんかなんだと思っている。附属小学校で〝教生ずれ〟、つまり、教育実習生をバカにするくせを身につけている。年を食っているだけ、附属中学の生徒は生意気で、教師を軽んじているのである。

陰でバカにしているぶんには、わからないからいいが、面と向かって悪口を言うたぐいの者がときどきいる。

附属中学の教師になって三ヵ月くらいしたとき、Hという二年生が歩み寄ってきて言った。

「先生は学力が足りない、辞めたほうがいいとうちのおじいさんが言ってます」

明治、大正時代の大法学者の孫である。どうやってこちらの学力不足を見抜いたのかわからないが、孫にそう言わせるのは、人間ではない。大学者が聞いてあきれる。

腹を立てたものの、胸に手をあてて考えてみると、わが英語力はやはりお粗末なのかもしれない。生徒から面と向かってバカにされたのは口惜《くちお》しいが、どうすることもできない。

唯一《ゆいいつ》の反撃は、辞めることだ。

そう思ったから、校長にあたる主事のところへ辞意を伝える。ボスの名のある主事がせせら笑いして、

「こんないい学校をすぐ辞めたりすれば、履歴にキズがつくぞ」

とスゴんだ。

履歴など考えたこともない人間に、そんなことを言ってもむなしいのである。

授業の都合もある。すぐには辞められないから、一年がまんして退職。せいせいした。

辞めたはいいが、次の行き場がない。しかたがないから、大学のときの恩師にお願いして、特別研究生にしてもらい、二年間、中世英語にウツツを抜かすことができた。

えらそうに飛び出しはしたものの、将来の見通しはまったくない。みじめな気持ちでいると、京都大学の哲学教授になっておられた田中美知太郎《たなかみちたろう》先生が慰《なぐさ》めてくださった。

「卒業して、人もうらやむようないい就職をすると、たいていダメになる」

その真逆を地でいくような生き方をされた先生のことばだけに、励みになった。

そう言われて考えてみると、人もうらやむいい就職をした人は、あとがよくないケースが多い。なぜかわからないが、つまずいてばかりいる人間には福音《ふくいん》である。

私の場合、田中先生のことばは当たらないが、つとめ先がよいのは、マイナスであるということを教えられて、いくらか賢《かしこ》くなったようである。

田中先生はわれわれの文理科大学の教授ではなかった。ラテン語の非常勤講師であった。ずっと専属になられることなく、時間講師（ある一定の時間だけ授業をする契約の講師）であった。

聴講生がいなくなると、非常勤講師もお役御免になる。われわれ、ものわからぬ学生も、そこは心得ていたようで、出席ゼロにならないように、それとなく気をつかった。

田中先生にもそれがわかっていたのかもしれない。たいへんやさしかった。私が方々でしくじっているのを、遠くから見て心にかけてくださったようで、思いもかけない仕事を与えてくださった。

戦後、京都学派が去り、京都大学哲学が崩れたとき、それを救えるのは田中先生しかなかった。哲学講座の教授につかれた。

その後、思いもかけず、京都へお招きいただき、先生と教育や哲学の話をするという機会を与えてくださった。

門外の弟子であると思っている。

捨て身の大あばれ

東京文理科大学の特別研究生の二年間は夢のようにすぎた。

十四世紀のイギリスの詩人ジェフリー・チョーサーを、明けても暮れても読む。一日、平均十時間くらい読む、大冊《たいさつ》の全集を二度読み終えたところで、終了となった。

もちろん就職できるところはない。

そのころは英語ブームだから、アルバイトでゆうゆう食っていかれるからと、ノンキにかまえていた。

三月になって、指導の福原麟太郎《ふくはらりんたろう》先生から速達のはがきが届く。

こんど「英語青年」編集の富原芳彰《ふはらよしあき》氏が、一橋大学講師に内定、ついては、そのあとの編集をお願いしたい、という文面。

おどろいた。先生、なにを血迷われたか。そんなことができる人間ではないのは、ご存じのはず……。

速達のはがきを持って、先生のお宅に伺う。

「とてもできません。お断りします」

何度もくり返して頭を下げたが、先生は承知されない。

「きみでないとできない。二年でいいからやってくれたまえ。わからぬところは手伝うから」

先生は「英語青年」（研究社発行の英語研究者向け雑誌）の主幹であった。その代理として、富原氏が発行所の研究社へ行っていたのである。

富原氏は若いのに、文才があり注目されていた。厳父《げんぷ》は相当な児童文学者であって、単なる文学青年とは違う。編集のセンスもよく、学界からも注目されていた。

その後釜に、古ぼけた中世の英詩人のことしか知らない田舎者が、つとまるはずもない。ひたすらお断りするが、代わりがいなかったのであろう。福原先生もがんばって、一歩もひかれない。

やっぱり、先生にはかなわない。できないと知りながら、「やらせていただきます」

となったのである。

四月から、研究社嘱託《しょくたく》として「英語青年」担当編集者になる。

このにわか編集者、ろくに校正記号も知らないのに、すべてのことをまかされる。原稿依頼、原稿の割り付け（レイアウト）、校正（三閲）、原稿料計算、見本誌の発送など全部をしなくてはならない。となりの雑誌とかけもちで女子社員が助けてくれるが、まさにワンマン雑誌である。

先の富原さんがはじめのうちはときどき来て、なにかと教えてくれるのだが、こちらにはそれを理解する力もない。ひどい話である。

読者は正直である。編集が替わったことはほんの一行告知しただけなのに、新米の仕事を見のがさない。

引き継いだとき、月刊一万部、返品率は二割二、三分《ぶ》であった。つまり実売七千七、八百部の雑誌だったのである。

それが、私の編集になった号から大きく落ち出した。あっという間に三割を超える。どうしようと思っていると、さらに返品が多くなる。

毎月開かれる全体の編集会議で、その数字が読み上げられるのがつらい。なんとかしようと思ってもなんともならない。新米編集者にはどうすることもできない。

二年目に入って、いっそうひどくなる。ついに、返品が五割を超えてしまった。

ふだんはあまり口をきかない社長が、「はっきり言って赤字です。なんとかがんばってください」と言う。ごもっともです。私自身、責任のとり方を考えます……というようなことを口走った。

そのあと、編集室へは戻らず、飯田橋から市ケ谷への土手の上をトボトボ歩いていたようである。電車の音がなぜかやさしく聞こえて、これはいかんと思って引き返した。

辞めればいい。辞めるほかに、どうしていいかわからない。その前に、福原先生にあやまらなくてはならないが、どう言ったらよいか……。

編集の机へもどってきて、退陣の計画を考える。

だが、このままスゴスゴと消えるのは、いかにも口惜しい。

「最後に、大あばれしてやろう」

そういういたずらっぽい気持ちがわいてきて、元気が出た。

九月、十月とつづけて特集を組む。自分がいちばん興味をもっているテーマで大餞別《せんべつ》としよう。

そのころ、英語教師のあいだでは、言語学的な英文法と学校文法の対立が問題になっていたが、答えは出ていない。これをテーマにすれば、不勉強な読者も手を出すだろう。それより、まず、自分自身が読みたい内容にすれば、売れ行きなんかどうでもよい。

八月の中ごろに九月号が出た。一週間もしないとき、営業が、

「編集に九月号の残部はないか。いま、販売店から注文の人が来ている」

と言う。当たったのだ。やったという気になる。

一万部は完売。原版刷りだから増刷ができない。次号の十月号の部数を一万二千部にふやしたが、ほとんど売り切れた。

つい先日までの苦い思いを忘れて、空が青く見えた。

しばらくして気がついた。売れた売れたと言ってみたところで、たかが一万部かそこいら。ノリとハサミの作業である。喜ぶのはおかしい……。

おもしろさの創造

編集をノリとハサミの仕事と呼ぶのは間違っているわけではないが、執筆者の原稿を適当に並べればいい、というものでもない。

編集の本当の仕事は、二次的創作である。一次的創作である執筆者の原稿をうまく組み合わせて、おもしろい誌面を作るのである。

幼稚な文化ではその二次的な価値がわからないから、一次的創作が尊重される。つまり、作者が絶対的である。成熟した文化では、一次的創作だけでなく二次的創作も重視される。

草野球をするとき、プレイする者がいればゲームはできる。しかし、すこし進んだ野球になると、選手だけということはない。コーチとか監督がつく。

こどものチームは別として、大きなチームになると、コーチ、監督の力がものを言うようになる。しっかりしたコーチ、監督がいないと優秀なプレイヤーは育たない。選手が一次的なら、監督、コーチは二次的である。

おくれた文化では、一次的のほうが上で、二次的よりすぐれていると決めてかかっているから、名選手はあっても、コーチ、監督はたいてい陰の存在になる。

アンサンブルの力が問題になるところでは、各プレイヤーより、全体のまとまりをつけて合力を創る監督の存在が大きくなり、選手より社会的にも注目されることになる。プロ野球なども、かつては選手中心であったが、いつのまにか監督の存在が大きくなってきた。

かつての名選手を監督にすえるのは古い感覚で、名選手が名監督になることはなかなかむずかしい。はたらきが違うのである。

音楽についても同じである。独奏には指揮者はいらないが、合奏、オーケストラになると指揮者が必要で、名指揮者の指揮によってすぐれた音楽が生まれる。かつては、奏者の代表としてヴァイオリニストが指揮者を兼ねたこともあるが、演奏と指揮が分離することによって、音楽は一般化したといってよい。

活版の印刷文化は明治になってから入ってきたもので、模倣からはじまったのは是非《ぜひ》もない。原稿を書く者がもっとも有力で、活字を拾い、並べ、印刷物にする者には創造的意義を認められなかった。

文化的洞察《どうさつ》力をもった人間は、印刷工場へは行かない。原稿のとおりの印刷物ができれば、それでよしとなるからだ。原稿さえあれば、あとはノリとハサミで切ったり貼ったりつなぎ合わせればできる、というわけである。

こうした編集不在の出版文化は、ついこのあいだまで存在した。私が「英語青年」で苦労したのも、その一端ということができる。編集がきわめて高度な創造性をもつことを理解するのに時間がかかったのである。

外国のものをなんでも模倣したようにいわれるわが近代文化だが、原稿を活字の印刷物にすれば出版文化をとり入れたように錯覚したのは、明治文化の気づかれない落とし穴である。

明治半ばから、文豪、作家はあらわれたが、それを世に出す編集者がいなかったために、のびる力を得るのがおくれてしまった。

編集がノリとハサミの作業にすぎないという誤解は、戦後までつづいていたのである。私自身、その渦にまきこまれてひどい目にあった。いまでも、編集という仕事をよく理解しない文化人がうようよしている。

私は、「英語青年」で苦労したおかげで、執筆と編集は別ものだとわかった。筆者が編集するのは、原理的におもしろくない。

そういう考え方をふくらませて、編集文化、すなわちエディターシップをまとめて本にした。昭和五十年のことで、「英語青年」で苦しんでいたときから四半世紀経っていた。

その本を手にしたある東大教授が「これからも何度もシップを出してください」とあいさつした。

映画なども、昔は、俳優で客を呼んだものである。れっきとした監督はいても、人気のある俳優、ことに女優の陰にかくれがちであった。田中絹代《たなかきぬよ》の映画とは知っていても、だれが監督しているか関心をもつファンはすくなかった。

いまは逆で、すぐれた監督の映画がおもしろく、人気があるという。本についても作者よりすぐれた編集者がありうることを日本人はほとんど知らない。おかしい。

というのも、日本は世界でもっとも早く編集者、編者のいた国だからである。『万葉集』は世界最大の名詩歌選集である。また、勅撰《ちょくせん》和歌集が平安時代から室町時代にかけての長いあいだに多数出たのも、驚異である。名編者がいたのである。いまの日本に、西洋の真似ごとのエディターシップしかないのは情けない話である。

原稿にあたるものを書く人は一次的創造をしているのである。その原稿を新しいコンテクスト（文脈）の中に入れて、いっそうおもしろくするのがエディターシップである。エディターシップはメタ・カルチャー（文化を超えた新しい文化）である。一次的創造より遅れてあらわれるが、一次的創造より後《おく》れているというわけではない。

そのことを明らかにしようとしたのが、『エディターシップ』（みすず書房）である。沈むような船ではない。活字文化論である。

すばらしい偶然

授業が終わっても職員室へ戻る気がしない。東京高等師範学校の附属中学で教師をしていたころのこと、校舎をつなぐ渡り廊下のところで、ぼんやり空をながめていると、大学同期の国文科の鈴木一雄君が、「どうした」と声をかけてきた。よほど様子がおかしかったのだろう。

じつは……、と言って、勉強が思うようにできないことを訴えると、「それは、こちらも同じだ。ときどき会って元気のでるおしゃべりをしてはどうか」と、鈴木君が提案。二人ではさびしい。もうひとり、漢文の鈴木修次君を誘って、和洋漢、三方の会にしようと冗談を言って、三人会をスタートさせた。

月一回、日曜の朝十時、メンバーの住まいを持ちまわりの会場にする。昼は出前の寿司をとって家人の世話にならない。夕方には終わるというのではじめたが、終わるのが惜しい。夕食を出して、終電が気になる時間まで、ひたすらしゃべる。

とにかくおもしろいのである。

まわりの人の固有名詞は出さない。他人《ひと》を悪く言ったりしない。新しい考えを出す。あまり批判しないで聴くこともはじめに申し合わせたが、心配は無用であった。互いが互いの話に勝手に感心し、われを忘れて聴くうちにお開きになっているのである。

こういうおもしろいおしゃべりがあるとは知らなかった。ほかの二君も同じだったらしい。みんな、すこし興奮していた。

専門ではけっして聞くことのないトピックが出てくるから、われを忘れる。

「よし、おもしろい勉強ができるかもしれない」

そういう気持ちを起こさせる三人会である。

スタートしたときは、三人とも高等師範学校附属中学の教師であったが、ひとりずつ本校である東京教育大学へ移り、助手や講師になった。それでも、三人会はつづいた。休んだ記憶がない。

やがて、東京教育大学が筑波へ移ることになり、三人ともバラバラになったが、三人会はつづけた。やがて、ひとりが金沢へ、もうひとりが広島の大学に移って、さすがに毎月やることはできなくなったが、三人会はつぶせない。

どちらかが東京に出てくることがあらかじめわかると、三人会を開いた。広島の鈴木修次君はホテルニューオータニが定宿《じょうやど》だった。

ホテルで三人、夜を徹して、おしゃべりをした。充実して、幸福であった。

どうして三人会が、あんなにおもしろいのか、考えることもあった。もちろんはっきりしたことのわかるわけはないが、いちばん大きなのは、めいめいの専門が違っていることである。

違うことをやっているのだから、競争にならない。刺激は受けても張り合うということがない。こういう交流はそうそうあるものではない。われわれは好運である。

ずっとそう思っていたが、ずいぶんあとになって、やはり、競争していたのであろうと思うようになった。

いちばん〝正直〟なのは、鈴木修次君。二人に負けたくないという気持ちからであろう。猛烈な勉強をしたらしい。離れていてよくはわからなかったが、朝から夜まで仕事、勉強をしたらしい。

当然、体が悲鳴をあげたが、彼はどうしたわけか医家が嫌い。病院へ行かないでひたすら仕事の研究をした、ということを亡くなってから聞いて、暗然たる気持ちであった。

鈴木一雄君のほうは、のんびり大人の風情《ふぜい》をそなえていた。金沢の大学で苦労し、学部長として、厄介《やっかい》な仕事をこなして東京へ帰ってきた。十文字学園女子大学の学長になったのにはすこしびっくりした。

管理職になるようなことは、三人会ではひとことも話題にしたことはなかったから、ちょっとおどろき、すこし淋《さび》しかった。

ある日、鈴木学長から電話がかかった。年来手がけていた論文がようやくでき上がった。「きみにその話を聴いてもらいたい」というのである。

雪の降りそうな寒い日、十文字学園女子大学の学長室で、『源氏物語』の女性観という論文のあらましを聴いた。

三人会がしたいが、修次君がいなくなったから、二人会でやろう。大学から池袋へ出て、二人で乾盃《かんぱい》した。それから、間もなく、彼も鬼籍《きせき》に入《い》ってしまった。

いちばんの弱虫、と自他ともに認めていた私が、いつまでも生きている。

死にそこない、生きのこり、やはり、三人会はありがたかったのだと思う。

はじまりが偶然だったから、偶然ということをときおり考える。

若いときに偶然にめぐまれたのは、すばらしいことである。

ローリング・ストーン

アメリカから来ている若い教師が、変なことを言う。

「ころがる石はコケをつけない（A rolling stone gathers no moss.）」

ということわざを、逆の意味で使っているのである。

もともとは、住まいや仕事をたえず変えているような者は成功しない（カネはたまらない）の意味である。ところが、このアメリカ人は、「優秀な人材にはコケみたいなものがつかない」という意味で使っているのである。

おかしい。教養がないのだろうか。いやしくも教師になるくらいの教育を受けた人間として、おかしい。

同僚でことばに詳しい英語教師にきいてみると、そんなのは誤りだ、と相手にしない。

やはりそうかと思う。

注意して聴いていると、ほかにも、同じように「ころがる石は優秀である」という意味で使っているアメリカ人がいる。これは単なる誤解ではなさそうだと思うようになり、さきの同僚にもそう伝えた。

彼はいろいろな文献に当たったが、ころがる石を評価する解釈は見当たらない。やはり無学なアメリカ人の思い違いだろうか。

釈然とせず、ぼんやり考えていた。アメリカ的解釈のことばとしても誤りではないと思うようになって、そのころ編集していた雑誌「英語青年」に、小さなコメントをのせた。

それがきっかけになったのかどうかわからないが、方々から、アメリカの用例が報告された。やはり、単なる誤用ではないらしいことがはっきりしてきた。

その後出た日本の英語辞書で、このことわざの意味として、イギリスの意味とならんでアメリカの用法を併記するものがあらわれた。おそらく世界ではじめてであっただろう。

日本の英語が思いがけぬ拾いものをしたようなことになったのが、ちょっと愉快である。外国語というものを反省させるきっかけになる。

イギリスは意地になっても、アメリカ式解釈を認めようとしないだろう。日本の英語教師もイギリス英語の肩をもつから、なかなか認めることができなかった。

中立的、第三者的立場に立てば、イギリス流と同じようにアメリカ流も認めることができる。日本はそういう恵まれた立場にあることを、このエピソードは教えている。

イギリスは、日本と似て多湿である。コケを嫌わない。それどころか、よいものと思っている。現に、イギリスの辞書で、「コケ」に〝カネ〟という意味を与えているものがある。「ころがる石はコケをつけない」は、ぐっと腰を落ちつけないとカネはたまらないと、俗解していたのである。

かたや、アメリカはドライな気候である。コケなど生ずるのはむずかしい。そんなところに生えているなら、きたないコケである。このことわざをごく自然に、イギリスとは逆の意味に解する。

つまり、優秀な人材はあちこちからひっぱりダコになるから、コケなどつけるわけがない。いつも輝いている、というわけである。

日本もイギリスにまけない多湿の風土である。当然、コケは美しいものと感じられる。コケで有名な苔寺《こけでら》（京都の西芳寺《さいほうじ》）まである。日本の国歌は、さざれ石が巌《いわお》となるまで、という超科学的なことをうたっているが、それにつづいて、「いわおとなりて、コケのむすまで」とコケをありがたがっているところはイギリスに通じる。

アメリカよりイギリスのほうが好ましいという日本人がすくなくないが、コケを礼賛《らいさん》している点にも相通ずるものがある。

ただ、戦争にまけて鞍替《くらが》えしたわけではないだろうが、アメリカ式のドライなものが好まれるようになったこともあって、コケを美しいと思う感覚がゆらいでいる。もとへ戻ることがあるかどうかわからないが、コケを嫌う人とコケを愛《め》でる人とでは、人間がすこし違うように思われるが、どうであろうか。

コケに対する気持ちを左右するのは、多湿という自然環境だけではない。流動的な社会と安定、固定的な社会との違いも反映している。

代々同じところに住んでいる人たちと、仕事で住まいを変えざるを得ない人とでは、変化について反対の気持ちをもつ。

昔ながらの生き方をよしとする人たちにとっては、ころがる石は派手、信用できない、となるが、競争に生きる人からすれば、十年一日、同じことをしているのは自慢《じまん》にならないのである。

日本は戦後、コケの文化を捨てて、ころがる石になろうとする人間がふえた。その変化のなかで、ひどい目にあった人がいたことを知らない人が多い。

コケはよいのか、悪いのか、はっきりしなくなっていた人たちをおどろかせたのが、「ザ・ローリング・ストーンズ（ころがる石）」を名乗ったイギリスのロックバンドである。

これなら、イギリスにもアメリカにも通じ、おのずから全世界的な活躍が約束される。この命名に感心する日本人がすくなかったのは文化的未熟さを露呈《ろてい》するものであって、残念である。

日本は、〝ころがる石派〟と〝不動派〟の中間に立っているということができる。どちらにもない、新しい文化を生きることができないわけはない。

3 知と独創のおもしろさ

俳句の美学

英語科の学生として東京に出てきてしばらくたったある日、教室の机のわきを男が「その恋のなるやならずやカニの泡」という俳句みたいなのをつぶやいて通った。

それが縁で、俳句の仲間になった。といっても、彼は二浪生で、長谷川素逝《はせがわそせい》の門下だったから、格がちがう。いろいろのことをそれとなく教わり、おもしろい、と思うようになった。

一方、先輩の加藤楸邨《かとうしゅうそん》がときどき寮へやってきて、話をしてくれていた。はじめての会で、学生のひとりが詠《よ》んだ、

「コスモスや寄宿舎ペンキ古りにけり」

が評判になった。これくらいならだってできないことはない、とひそかに思ったりした。

俳句はおもしろいと思ったが、なんとなくことば遊びのような気がして、夢中になれない。やはり、外国のことばのほうがおもしろいと思っているうちに、だんだん離れた。

数年して、評論家の桑原武夫《くわばらたけお》の『第二芸術――現代俳句について』があらわれて、大騒ぎになった。俳句を遊戯《ゆうぎ》的と否定した、いわゆる「俳句第二芸術論」である。

俳句を知らない人たちのあいだでも話題になったから、読んでみた。そして、「なんだ、これ、ケインブリッジ・スクール（ケインブリッジ学派）の考え方を借用したのではないか。バカバカしい」

とえらそうに思った。

桑原氏は戦争中、東北帝国大学の教師をしていて、英文科の土居光知《どいこうち》教授主宰の勉強会で、ケインブリッジ学派の新しい研究のことを学んだらしい。戦中、戦後間もなくのころ、東北帝大ほどケインブリッジ学派のことを勉強しているところはなかった。

桑原氏は仏文科の教師だが、土居ゼミナールでケインブリッジ学派のことにくわしくなった。その知見によって俳句を叩《たた》こうというのであったが、そんなことを知らない一般の人は、ひたすらするどい批判におどろき、ブームのようなものを起こしたのである。俳句の人たちは腰を抜かすほどおどろいたらしいが、立ち向かう力がないまま狼狽《ろうばい》した。

私の出た東京文理科大学にはかつて山路太郎《やまじたろう》という助手がいた。ケインブリッジ学派の輝かしい若きリーダー、ウィリアム・エンプソンが、東京へ来て教えた学生の秀才である。

山路氏は卒業後、助手になってケインブリッジ学派の著書を集めた。すでに洋書の輸入が不自由だったときに、すばらしい文庫をつくった。

そんなことも知らず、私は、その山路コレクションを精読した。学生ではだれにも負けない自信があった。

桑原論文を見て、すぐに借りものであることがわかった。しかし、なにしろ、こちらは半分、学生である。声をあげることはできない。

数年して、たまたま文芸評論家の山本健吉《やまもとけんきち》氏を識《し》るようになり、右のことをお話しした。山本さんはたいへん喜ばれて、すぐどこかにそのことを書け、とすすめられたが、その力もこちらにはなかった。

それでも志《こころざし》は失わなかった。俳句の詩学、俳句の美学について、いくつかの仕事をした。

桑原氏はいかに、とながめても、姿が見えない。俳句から逃げていたのである。

「俳句第二芸術論」から二十五年したとき、各社が桑原氏の原稿を求めて奔走《ほんそう》したが、桑原氏には一言もなかった。


その間に、思いもかけなかったことが起こっていた。

それまで俳句は男性、女性は短歌というのが常識であったのに、第二芸術論のあらわれたころ、急に女性が俳句に興味をもつようになり、人々はその変化に目を見張った。

各俳句結社とも女性会員が急増し、多くの俳誌が女性上位になってしまった。

どうして女性が俳句に関心をもつようになったか、わからないが、俳句そのものが変化したのはたしかである。女性の勢力におそれをなしたわけでもあるまいが、これを問題にする者がなかった。

他方で、外国、ことにアメリカで俳句に興味をもつ者がふえた。これは多くの日本人の自信になったようで、一般の人にも注目されたが、俳句の人たちは、何もすることができなかった。

アメリカから歳時記をこしらえるから助けてくれといわれて、ノコノコ出かけていく俳人があるという程度で、俳人の不勉強を露呈《ろてい》した。アメリカのような広大な国で、季語を考えるのは、はじめから誤っている、ということも、日本の俳句界ははっきり見すえていなかったのである。

そんなこともあって、アメリカにおける俳句熱も冷えて、俳句ではなく、ハイク・ポエムが細々と生きている。

それより問題なのは、女性作者が急増して、「ますらおぶり（男性的でおおらかな歌風）」の俳句が、「たおやめぶり（女性的で優雅、繊細な歌風）」に変わっていることに気付かない人がふえて、新俳句が生まれつつあることだ。

それはそれで構わないが、言い切り、断切の美学と流動の美学がいい加減に混合したりしては、おもしろくない。

新たに、俳句の美学を考える必要がある。

名詞中心の俳句に動詞がふえると、どういう変質が起こるか。自然諷詠《ふうえい》の俳句が生活をとり入れると、どうなるのか。名詞中心の俳句に動詞が多用されるとどうなるか、などの問題がひしめいていて、おもしろい。

俳句はいわれなく川柳《せんりゅう》を見下ろしているようだが、花鳥風月しか句にできないというのは明らかに窮屈《きゅうくつ》である。川柳のユーモアもおもしろい、という俳句へ変身してもよいのではないかと考える。

ことばの残像

大学を出て十年のあいだ、研究論文というものはひとつも書かなかった。怠《なま》けて書かなかったのではない。書くテーマがない。テーマをとらえる学力もなかったのである。

まわりから、なぜ発表しないのか、努力が足りない、などという励ましや叱責《しっせき》を受けるが、書けないものは書けないのである。ダメかもしれないと思うこともあった。

そんなとき、インスピレーションみたいなものが訪れた。

大通りをバスが走っている。まわりは一面畑で、遠くに森が見える。そこから琴《こと》の音《ね》がはっきり聞こえる。「六段」である。

ハッとした。琴の音がつながって聞こえるのである。琴は一音一音切れている。それがバスで聞くと、音の流れになって切れ目がない。

どうして連続音になるのか。ふと、映画のフィルムを思い起こした。一コマ一コマ、切れているフィルムを映画にすると、切れ目が消えて連続の動きになる。残像が、切れ目をふさぐのである。

似たことが、離れて聞く琴の音にもいえるかもしれない。だとすると、「残響」ということになる。

そういえば、ことばにも似たことが起こっているのではないか。英語のように分かち書き（文を書くとき、ある単位ごとに区切って、そのあいだに空白を置く書き方）ことばでも、読むと語間の空白は消えて、ことばが連続するように感じられる。ことばにも残像がはたらいているのである。

そう考えると、いろいろなことに説明がつくようでおもしろい。ことばの残像だから、勝手に「修辞的残像」ということにした。

俳句にあてはめてみると、俳句のコンプレックス・イメージがうまく説明できるようで、ひとり喜んで、これならエッセイを書けそうだと思った。

たまたま、年の近い先輩たちが意欲的な同人雑誌「英文学風景」を計画していたので、それに加えてもらい、創刊号に「修辞的残像覚え書」五十枚を発表することができた。

「英文学風景」は、英文科同窓の天野亮君が創業した垂水書房が版元である。天野君は淡路島の土地の息子だが、その土地を整理して垂水書房を起こしたばかりで、そのころの同人雑誌としてはとびきり上等であった。

何年もあとのことだが、この「英文学風景」の揃いが、びっくりするような値がついて古書店にならんでいたというエピソードがある。

「修辞的残像覚え書」は、英語関係の人からはいくらか白い目で見られていたようだが、かつて授業を受け、そのころ関西の大学におられた大塚高信《おおつかたかのぶ》先生が、いち早く認めてくださり、お弟子たちとの研究会のテクストにしてくださったというのに力づけられた。

思いがけなかったのは俳句の人たちの反響であった。第二芸術論で叩かれたものの、反撃の方法もなく元気を失っていた理論派の俳人が、熱い支援を示してくれた。関西の俳人が多かった。

「や」「かな」など切れ字を使って言い切る俳句の複雑なリズムは、ふつうの方法では説明がつかない。断切の詩法を支える理論などあるわけがない。

「修辞的残像」は俳句のために考えたものではなく、分かち書きをすることばの連続の理論のつもりであったが、俳句の人が、俳句の詩学として見てくださるのは、まったく異存はない。

それどころか、「修辞的残像」には随所に俳句への言及がある。俳句と見なすこともできるのである。

大塚先生がつよく推してくださったのを力に、思いきって、学位論文として提出することを考え、何年かして学位をもらった。

大塚先生は『新言語辞典』末尾の書誌の中へ、畑ちがいのこの「修辞的残像」を加えてくださった。

外国人の真似でないものが書きたいと思い、十年間迷っていたが、この修辞的残像によって、外国人の真似をしなくても、論文が書けそうだということを教えられて愉快であった。

われわれ日本人は、英語で小説を書くことは困難である。しかし、読むことはできる。それどころか、本国人より深い読みをしているかもしれない。

イギリス人とは違った目で、シェイクスピアを読むことはできる。その読み方がイギリス人より劣《おと》っているとは限らない。イギリス人にとってもシェイクスピアは遠い存在、アウトサイダーである。

アウトサイダーということにかけては、日本人は、イギリス人とは異質の受け手である。

そう考えて、読者の問題に目を向けた。

異本と古典

わけもわからず、ただ、英語が好きだからというのではじめた英語、英文学の勉強である。

だんだん、おもしろくなくなってきて、あわてた。

こういうことを一生つづけていくのは困る。足もとの明るいうちに、生きる道を見つけなくては……と思っていた。

たまたま、同郷に在野《ざいや》の大学者がいた。同郷のよしみで、いろいろ親切にしてもらい、仕事についても注意を受けた。

はじめから、あまり感心しなかった。いちばんの理由は、その人が文献学の権威であることだ。こちらはかけ出しの外国語、外国文学の研究者である。

文献学などかまっていられるはずがないから、勝手なことを書いて発表していると、いちいちこの大家《たいか》の批評を受ける。ことばはおだやかだが、叱《しか》られるのである。しかし、その学識を言挙《ことあ》げする力はこちらにはない。

その拠《よ》っている文献学を目のかたきにするほかない、と考えた。

文献学はドイツで確立された学問である。明治中葉《ちゅうよう》、ドイツへ留学した国文学者が日本へもたらしたものである。

あまり自信がなかったとみえて、文献学とはいわずに、日本文献学と自称した。そんなことにかかわりなく国文学の大法と見なされ、多くの版本《はんぽん》を確立した。

こまかいことはわからないが、文学作品、古典的著作の数ある版本のうち、もっとも価値のあるのが、作者の原稿。もしそれが手に入らぬときは、初版本がもっとも正統なテクストである。あとになって出た版本は学術的価値が低い、とするのである。

未整理の旧稿本を刊行するにあたって校訂の大原則を示すもので、古典が版本になるときは、大なり小なりの文献学的処理が必要であったため、文献学は諸学の元締めのようになった。

それを導入した日本文献学は、よりいっそうの厳密さを誇って学界に君臨した。

国文学において有用なことは論を俟《ま》たないが、外国文学には適用できない。若い幼い頭でそんなことを考えて、大家に対してひそかに異を立てた。

外国文学が生きるためには、文献学のしばりから自由にならなければならない。原稿などを見たって、外国の読者には何のありがたみもない。むしろ有害ですらある。

文学がおもしろいのは、異本のためである。異本とは原本から生まれるバリエーションである。作品は読者に読まれることによって、変化していく。まったく変化を受けないで読者を通過する作品は存在しない。

いくら作者が偉大でも、異本を生じないような作品は価値が低い。文献学の思考と逆であるが、原本より価値のある異本を生み出すのがすぐれた作品である。

そうして「異本論」を考えた。自分では文献学の向こうを張るつもりであったが、だんだん、対立ではなく調合する考えである、と考えるようになった。

いくつか異本論の立場を明らかにするためのエッセイを書き、まとめて『異本論』を出版した。新しい思考である。賛否は問わず、すこしは反撃があるのではないかと期待したが、まったく問題にされなかった。

そんななかで、ただひとり、文芸評論の磯田《いそだ》光一《こういち》氏が国文学誌で、「これからの文学研究に影響を及ぼす労作だ」と評価してくれたのはうれしかった。

磯田さんとは、同じ持病を通じて心をかよわせるところがあったから、右の評価も、その一端かもしれないと思ったが、とにかく闇夜の一燈でありがたかった。

文献学では手も足も出ない外国文学も、異本論に立てば、いくらでも言うことが出てくる。国文学の人よりおもしろい視点を得ることは容易である。

異本論にもとづいた新解釈を生み出さなくてはならないところであったが、どうしたことか、文学がそれほどおもしろくなくなり、外国の作品を論じたりするのがつまらないことのように思われ出した。われながら不思議である。

それと同時に、「われわれは、一冊の本を読んだら、そのたびにその本の異本をつくっているのである」ということを考えた。それが重なって、新しい作品のようなものに変化する。それが古典である。

作品が「古典」になるのは、作者の力だけではない。古典とは、作品を読んだ人のつくるすぐれた異本が集合的につくり出す新しい作品である、と考えるのが「異本論」である。

われわれ読者は、時と場合によっては、作者のなし得ない古典化ということが可能である、と考えるのが「異本論」のおもしろさである。

「異本論」は文献学よりもクリエイティブである。

ことわざのぬくもり

いつごろからか、はっきりしたことは覚えていないが、文字にならないことばに興味をもつようになった。

そして、教育を受けた人たちが申し合わせたように、ことわざをバカにしていることをおもしろいと思った。インテリといわれる人たちは、おしなべて、ことわざを知らず、知らないことを得意にすることすらあった。

これはずっと後のことだが、韓国の大統領が来日し、国会で演説をした。

そのなかに、

「『流れた水で水車はまわらない』という日本のことわざがあるように……」

と、後ろ向きの姿勢をいましめた一節があった。

おどろいたのは日本人。そんなことわざは聞いたこともない。いちばん困ったのは新聞記者。そんなことわざを知る者がいない。方々へ電話をかけまくったらしいが、締め切りまでにはっきりしたことがわからずじまい。

読者は、はじめからことわざなんか問題にしない。日本にあったかどうかなどどうでもよいのだから、このニュースが問題になることもなかった。

日本のことわざ、というのは正確ではない。大統領は日本語で知ったから、日本のことわざだと考えたのであろうか。もとは英語のことわざ、

A mill doesn't work with water that is past.

（水車は流れ去った水ではまわらない）

だった。

もちろん、そんなことわざなど知らなくても敏腕《びんわん》のジャーナリストになれるが、思わぬところで恥をさらすことになったのは気の毒だった。だが、それをとがめる人もなかったか。天下泰平である。

ことわざに弱いのは日本人全体の問題である。日本人だけでなく、近代国家では申し

合わせたように、ことわざを蔑視《べっし》した。

学校では原則、ことわざを教えない。学校は〝読み書き〟中心である。ことわざはもともと文字で書かれたものではない。出典がないものは、学校では教えることができない。

ことわざを軽視する点で、やはり日本は先頭を切っているのではないかと思われる。それだけ、ことわざが弱い。外国のことわざを借りてくるケースがすくなくなかった。さきの韓国大統領の例は典型的といってよいかもしれない。

日本の英語教師も、ことわざに弱い。正しい意味もわからずに使っていることが多くなり、教室では敬遠されることになった。

そのいちじるしい例のひとつが
Children should be seen and not heard.

である。頭の Children を落として言うこともあるが、いずれもやさしいことばばかり。それでいて、裏付けになる生活がわからないために、ひどくむずかしいものになった。

明治以来、このことわざを正しく理解した日本人がどれくらいいたかわからないが、日本で出たことわざ辞典で、これに正解を与えているものがなかった。

「こどもは監督しなければならない。言うなりになってはいけない」

などという珍解がまかり通ったのは日本の恥であるが、いまなお、このことわざの意味を知らない英語教師がどれだけいるかわからない。直訳すれば、

「こどもは見られるべし、聞かれるべからず」

となる。それが何を意味するかは、生活の知がないと、チンプンカンプンである。ことわざをバカにしている人たちは、ことわざの意味など本気で考えない。このことわざは、

「（人前では）じっと黙っていなさい。（よけいなことなど）ものを言ってはいけません」

という意味である。イギリス生まれだが、アメリカへ渡り、中流家庭のしつけのひとつになった。

客の前でこどもが余計なことを言っても、客が、かしこいですね、などとお愛想を言う風俗のところでは、わけがわからなくなって当然である。

日本はことわざに弱いように見えるが、じつは、たいへん、ことわざの栄えた社会で

ある。それを伝えるのが「いろはがるた」である。

ことわざ嫌いの近代日本では、いろはがるたを低俗として、恋歌中心の百人一首をかるたとした。庶民《しょみん》はいろはがるた、中流家庭は百人一首のかるたで遊ぶ、というのが日本であったが、いまはその風習も失われている。

目覚ましいのは、いろはがるたである。いまの人は知らないが、いろはがるたは、もともと三通りあったのだ。

江戸時代、文化の中心であった三都、すなわち江戸、京都、大坂が、それぞれ違ったいろはがるたをもっていたのである。かるたは、ことわざのアンソロジーである。ことわざが生活を反映するものである限り、三都がそれぞれ違ったかるたをこしらえていたのはいかにもと思われる。

犬も歩けば棒に当たる（江戸系かるた）

一寸先は闇（京系かるた）

一を聞いて十を知る（大坂系かるた）

といった具合である。

「も」のかるたを見ると、

門前の小僧習はぬ経を読む（江戸系かるた）

餅《もち》は餅屋（京系かるた）

桃栗三年柿八年（大坂系かるた）

まことに多彩多様、そして、なによりかすかなユーモアがある。庶民のセンスはバカにならない。

もうひとつ、おもしろさがある。ことわざが衆知であることだ。

ひとりが考えた名言にはどこか寒々しいところがあるのに対して、ことわざにはみんなで考えたぬくもりが伝わってくる。

あいまいな日本語

小学校を出て、中学へ入り、英語を勉強するようになっても、自分の国のことばを何と呼ぶか、はっきりわかっている者はいなかったようである。戦前、昭和ヒトケタのころのことである。

そのころは、小学校に入るのを、〝上がる〟と言った。一段と高いところという気持ちがこめられている。

勉強の中心は、ことば。単語である。

ハナ　ハト　マメ　マス　ミノカサ　カラカサ

という文字が並んでいる。声に出して言い、字を覚える。そういう授業が中心であった。

それを、読み方といった。書き方もあったが、これは文字を書くというだけではなく、筆で文字を書く、習字のことだった。文章の書き方ではない。

文章を書くのは綴《つづ》り方といったが、低学年では授業がない。上の学年になっても綴り方の時間はなく、ときどき宿題が出て、文章を書いて提出するのを先生が見て、「閲」などという判を押して返す。

読み、書きはともかく、時間があっても、話し方、聞き方はまったく教えられなかった。そんなこと、だれでもできる、と考えられていたのである。

先生たちも方言をしゃべっているから、標準語ということばはもちろんない。

中学校へ入って、英語を学ぶようになっても、それは変わらない。

とにかく、ことばは読めればいい。書くのは二の次だった。会話など考えたこともない教育である。

だが、家庭のこどもの教育は、耳から入る〝耳のことば〟からはじまる。それが本来のあり方である。「読み書き」、つまり〝目のことば〟ばかりを重視するのは、知性が目で育まれるように思っているのである。

そういうことばの教育が、戦後までつづいた。アメリカから教育視察がやってきて、その偏向におどろき、「ことばの教育は、国語、英語とも、話し、聞き、読み、書くの四技能を並行して学ばせなくてはならない」という指導をした。

そのころのアメリカの指導は〝命令〟である。さっそく、それにもとづいた教育がはじまった。だが、話し方、聞き方についてしっかりした知見をもった人間は、文部省にもいなかったのだから、実効の上がるわけがない。

しばらくは、話し方の教材を入れた検定教科書が出たようだが、無視されて、たちまち姿を消した。

戦前の教員養成をした都道府県の師範学校は、すぐれた教員教育をした。優秀な人材を集め寄宿舎に入れて勉強させたから、一般の評価も高かった。教員の給与も一般よりかなり高かった。

その教育でひとつ不足していたのは、話し、聞くことばである。

その状態は、戦後もつづいた。さきのアメリカからの指導後も、ほとんど変化するところがなかった。

昭和三十年ごろ、つまり、戦後十年たったころも、あまり変わらなかった。ある学生が、北海道・旭川の高等学校を出て、東京の大学に入学した。英語教員を志《こころざ》す秀才であった。

はじめての夏休み、家へ帰ったこの学生が、大学の指導教授に手紙を書いた。大学の授業で先生の話す日本語がよくわからずに困った、という訴えである。教授もショックを受けた。だが、いくらでもあったことだからか、ひろく問題にされることもなかったのである。

英語の学力がつかないのはもちろんだが、じつは、もっと重大な問題があった。スタンダードな日本語がはっきりしないことだ。

それでも、文章はなんとか標準がある。いけないのは、話しことば。すべて方言でまかなわれているため、通じない。

九州の人と東北の人が話すと、まるで話が通じない、というようなことが笑い話になってはいたが、その意味を真面目に考える者はいなかったのである。

だいいち、われわれの使っているのは、国語なのか、日本語なのか。それすら、はっきりしないのである。

国立国語研究所の幹部職員が、どうして日本語研究所でないのかと問われて、答えに窮《きゅう》し、「英語名ではジャパニーズを使っている」と返事した、という話がひろまっていた。

「日本人は目で考える」（建築家ブルーノ・タウト）といわれて、ほめられたと勘違いして喜んだ日本人がいたらしいが、裏を返せば、〝口や耳では考えない〟ということになる。口べた、耳バカは日本人の特徴なのである。

大事なことはもちろん、すべて証文にして印鑑をべたべた押す。口約束などははじめから相手にしないのである。

重要なことはすべて文字で書くと決めてしまって、日本の人は、ずいぶん損をしてきているはずである。

ものを考える力がつきにくい。本は読み、知識は豊富だが、オリジナルな考えを生み出すことが苦手である人が多いのは、文字と文章で考えるからではないのか。

外国から日本へ来て働こうとしている人も、日本語がしっかりしていないために、どれほど苦労しているか知れない。日本語のために、泣く泣く帰る人たちが気の毒である。

モノを輸出するのは熱心で、エコノミック・アニマルなどという名前をもらった日本人であるが、教育的に考えても、しっかりした日本語を確立するのは焦眉《しょうび》の問題である。

パラグラフ構造と思考

小学六年のとき、時間外の補習で、

「つぎの文段の意味を書け」

といった問題にぶつかり、ひどくあわてたことを覚えている。

意味とはなにかもはっきりしていないのに、「文段」ということばがある。答えようがないと思った。

このころの国語の教育は、もっぱら読むことであった。国語とはいわず、読み方といわれた。文法なんか、これっぽっちも知らない。ことばに文法があると知るのは、中学で英語の勉強をはじめてからである。

その英語にしても、代名詞と動詞くらい。単語、フレーズ、センテンスといったこともおぼろげであった。

さきの「文段」に当たるパラグラフが、センテンスの上の単位であることなどを知る中学生はいなかった。

このパラグラフが、文段、段落に当たるわけだが、重要な形式であることは、教師も知らなかったかもしれない。

日本語には、大昔から、パラグラフ、段落というものがなかった。文章は切れ目なく、えんえんとつづく。パラグラフで切るという習慣はなかったのである。

明治になって、文章に段落のあることを示したのは文部省である。その国定教科書には段落をとり入れてあった。たいへん先進的だったわけだが、一般の者はそんなことを問題にしない。相変わらず切れ目のない長文が書かれていたが、それを批判する者もなかったのだから、天下泰平である。

社会の木鐸《ぼくたく》を任ずる新聞も、パラグラフ（段落）を認めない。それがなんと、戦後までつづいたのである。

新聞がいまのようにパラグラフをとり入れたのは、昭和二十年代半ばのことである。

新聞には印刷上の困難な事情があるから、パラグラフを無視しているのだとはいえないかもしれないが、日本人の多くが、パラグラフに違和感をいだく、ひとつの原因は、新聞の無視があったといってもよいだろう。

英語を学ぶ日本人も、パラグラフについての意識がすくない、あるいは、ないことが多い。それで、どれくらい苦労したことか。だが、当人たちは気づかなかった。すこし哀れである。

入学試験の英語は、英文解釈が中心であったが、たいてい一パラグラフが出題されて、その訳文をつくるのが問題であった。

戦後、アメリカ英語が入ってきて、入試も大きく変わったが、それでも昭和三十年代の半ばごろまでは、パラグラフの英文を日本語に訳すという問題が多かった。パラグラフがわかっていないために、ひどい苦労をしている答案がいくらでも出てくる。

答えられず白紙なのだが、よく見ると原文のはじめの二、三行に鉛筆のあとが残っていて悪戦苦闘のあとをとどめているのが、いかにもかわいそうであった。

そこがわからなければ、その先がわかるわけがない、と思っているらしい。中ごろから終わりにかけては鉛筆のしるしはない。そして白紙となる。

標準的なパラグラフは三部構造である。

まずはじめの二、三行（A）があって、ついですこし長い部分（B）があり、終わりの短い文章（C）で全体がしめくくられる。

このA、B、C、表現は異なるが同じ趣旨でなくてはいけないのである。Aは抽象的表現で動詞も現在形が用いられる。

Bは、その具体的な表現で、たいてい、動詞は過去形が用いられる。

しっかりした書き手なら、このA、B、Cは同心円のように重なるのである。そして、ひとつのことを言うというのがパラグラフである。パラグラフをいくつもつなげて論理展開していく書き方をパラグラフ・ライティングという。

最初のAのところで退散した受験生も、B、Cで同じ趣旨のことが、わかりやすくり返されるということさえ知っていれば、正解が得られたかもしれない。

もちろん、イギリス人だって、きちんとしたパラグラフの書ける人ばかりではないが、入試の問題をつくる人は、よい問題はしっかりしたパラグラフ構造の文章であることを知っていたらしい。よいパラグラフ・ライティングのできる著者の文章が出題された。

戦後しばらくのあいだ、もっとも、みごとなパラグラフ・ライティングを見せたのは、イギリスの小説家、サマセット・モームであった。

入試問題作成の人たちも真剣である。いい文章を求めて努力する。その結果、偶然にも、九州、東海、東京で同一文章が出題されて、おどろかれるということが何度もあった。

入試問題がパラグラフの構造を示していたにもかかわらず、パラグラフをよく知らないために、多くの人が泣いたはずである。

もともと日本人は、パラグラフ・ライティングが嫌いだったのかもしれない。

それゆえ昔から、段落のない長文が栄えたということもある。日本人の思考がユニークであるとすれば、一部は、非段落的表現のせいであるかもしれない。

パラグラフの是非は、グローバリズムが流行語のようになっている現代において、新しい問題を提示している、といってよいかもしれない。

4
遠くて近い思い出

生きていたのかもしれない、

らい宵くなってからは、毎日、郵便を心待

いにする。その時刻になろと、ソワソワ、落

つくもなくなる。

幸間で、コトリと音をあげてみると、風

いと喜び切すように言ったにより ます

たいがうたったにより ます

たまには、あ間かはゆると、駄幸さんが

幽をまって立っていることがある。ごく自然

に〜りありがとうと言うと、向うもいい幣

焼きイモの味

何がうまい、といって、あの焼きイモにまさるものはない。ずっとそう思っている。

こどものころ、農村にいた。

秋になると、方々で、農家がイモを焼いた。日が重ならないようにしてあって、毎日のようにイモを焼くのである。

刈り入れをし、脱穀《だっこく》して出るモミガラが庭先に山のようになる。大人の背丈《せたけ》より高い。

それに、午前中に火をつけ、近所に声をかけて、イモを入れる。

モミガラが焼けるには時間がかかる。何時間も紫煙をあげていたモミガラ山の中で、
夕方になると半ば焼けている。

見たところどこにもコゲたところがないが、割ってみると黄金色のイモが湯気をあげ

る。それにかぶりつくのである。

「栗（九里）より（四里）うまい十三里」

という焼きイモのおいしさをいうことばは、こどもも知っていた。イモはふかしたものより石焼きのほうがうまいが、モミガラ焼きの焼きイモは、石焼きよりずっとうまい。

故郷を離れてから毎年、その季節になると、思い出してはなつかしがっていた。先年、小学校のときの同級会の案内がきたが、あいにく都合がつかず欠席の返事を出した。

「ただし、モミガラで焼いたあの焼きイモが食べられるなら、万難を排して帰る」

といった返事をした。すぐ、返事があった。

「いまは、モミガラは産業に売れてイモなど焼けない……」

とあって、おどろいた。そして、いっそう、あの美味がなつかしかった。

小学校を出ると、離れたところの中学に入学し、寄宿生活をはじめた。寄宿舎ではモミガラ焼きのイモなど考えることもできない。精神がなかば荒れている時期である。

中学五年生になり、寄宿舎の室長になった。ある夕方、食後の散歩ではないが、部屋の下級生たちと校庭へ出た。

見ると、かすかな煙が立っている。夏休み中にのびた夏草を刈って乾燥したのが焼かれているのだった。

そこで、ひらめいたのが、なつかしのモミガラ焼きのイモである。とっさに、イモを焼こうと考えた。みんな、反対するわけがない。

学校の地続きの畑にもイモがある。掘ってみるといかにも貧弱。やっぱり学校のイモじゃダメ、ということになり、となりの農地へ侵入、りっぱなイモを失敬した。

どうも火の勢いが弱いと思っていると、気のきく下級生がどこからか古新聞を持ってきて、焔《ほのお》をあげる。もうみんな夢中である。

これでよし、となって、一同、寄宿舎へ引きあげる。自習時間の二時間は勉強しなくてはいけないが、そのあと、ちょうどイモは焼けているはずである。

自習時間を終えて校庭へ出て、先ほどの山のところへ来てみると、様子がおかしい。水を打ったあとがある。おどろいて掘ると、石ころのようなイモがころがり出す。

おかしい、変だと言っていると、物陰から農業担当の教師が飛び出してきた。

一同、舎監室へ連れていかれて、窃盗《せっとう》、放火未遂であると言われる。どうして学校の農場のイモにしなかったのかと別の先生にきかれて、秀才の三年生君が、「学校のイモ、貧弱でダメでした」と言ったのが、農業の先生を激昂《げっこう》させたようである。

私は、最上級生。いちばん罪が重い。軽くても退学はまぬがれまい、ともっぱらの噂になって閉口《へいこう》した。

どういうわけか、私は、ノンキに構えていた。退学になったら、どこか受験できる学校に入ればいい。下級生は罰せられないですむだろう、とタカをくくった。ところが、いつまでたっても、処分がおこなわれない。まわりの者もおかしい、と言っていたらしい。

ある晩、呼び出しがかかった。舎監長、森仁郎先生の当直の夜である。どんなことを言われても取り乱したりはしないぞ、そう思って、舎監室の机の前に座る。

どうも森先生の様子がおかしい。

なにも言われず、茶碗にお茶を注いでおられる。戸棚から上等な和菓子をとり出して、お茶の横におかれる。同じように自分の分も並んでいる。

先生が菓子を食べられる。話に聞いたことだが、死刑囚は獄死《ごくし》の前にお情けのタバコを一本吸わせてもらう、という。この茶菓は、それかもしれない。めったに手を出すまい……。

先生は、おだやかながら、どこかうれしそうに、

「わざわざ、買ってきたんだ、食いたまえ」

と言われるではないか。

やっと、助かったのだ、とわかって、思わず涙が出た。それを見て、森先生、

「帰ってよろしい！」

とだけ言われた。

部屋では下級生たちが、処分はいかに、と待っていた。こちらの目がうるんでいるのを見て、

「ひどくやられたんだネ」

と同情した。

私は、おかげで中学を卒業することができた。それにしても、どうして、一切おとが

めなしに終わったのか、まったくわからない。

中学を出て三年目に旧同級会があった。そのとき先生はもう大阪へ移っておられたが、事情を知っておられる先生がいらした。

「きみはまったく森さんのおかげで助かった。森さんが必死に弁護されるので、校長もしぶしぶ、寄宿舎の問題だから舎監長にまかせると言った。あのときの森さんの気魄《きはく》はすごかった。きみは運がよかった……」

こちらはノンキに、いい具合で無罪放免になったように思っていたのが、ひどく恥ずかしかった。

それにしても、森先生がどうしてそんなにまでして、かばってくださったのか、わからなかった。

じつに長いあいだ、不思議に思っていたが、三十年もしたころ、ひょっとしたら、ということに思い当たった。

先生は幼いとき、ご両親を亡くされたということが、わかってからである。私が、こどものときに母を失って、そのために、寄宿舎のある中学へ入ったということを、先生は知っておられた。それを思って、必死にかばってくださったのであろう。

だとすると、亡くなった母の霊が森先生をうごかしたことになり、すこし、おそろしいような気がする。

それにしても「先生、ありがとうございました」とじかに申し上げられなかったのは……。

焼きイモ、やはり食べないほうがいい、ような気がする。

若気の至り

こどものころ、田舎にいて、ヘビなんかと仲よしだったが、だんだん、長いものが嫌いになった。どうしてかは、ずっと年をとってからわかるようになった。

昭和四十三（一九六八）年、つとめていた東京教育大学が筑波《つくば》へ移転することが正式に決定された。

それを聞いて、反対派だった私は、さっそく辞職願いを出した。年度末に辞めると言ったのである。

反対運動をしていた人たち、身近なところでは「三人会」の二人も、そんなに急がなくても、と言ったが、反対していたことがまかり通ったのだから、反対者は辞職するのは当然のこと。なんとかなる、などというのは、ゴマカシだ。

さっそく、拾ってくれるところを探した。ふだん出ない学会へ行って、こういうわけで、拾ってくれるところを探している、と言いふらした。すこしいやな気持ちである。移転を仕組んだ陰の勢力をにくんだが、もちろん、どうすることもできない。

やがて、来ないか、と内々に言ってくれるところがあらわれて、夏休みまでに三つになった。

いちばん近いお茶の水女子大学へお願いすることにした。

ところが、いつまでたっても決定しない。とうとう年を越した。大学間の人事異動は、〝割愛《かつあい》願い〟というのを受け入れ側が送り出す側に出さなくてはならない仕組みになっている。その割愛願いが出ないのである。

大学のときの恩師のところへ行って、

「うまく移れそうもないが、平気です。行くまいと思ったイギリス留学でもしてみようかと思う」

と言うと、先生、あっさり賛成。所持金を聞き、

「それだけあれば、二年は留学できる。教師はやめて、もの書きになりなさい」

とやさしいことを言ってくださる。勇気が出た。

そのころの教育大学文学部長は、ドイツ文学の星野《ほしの》慎一《しんいち》教授である。呼ばれて学部長のところへ行くと、

「いつまでも割愛願いがこない。今月中にこないと、きみは四月から失職することになる。カッコは悪いが、次の教授会で退職を撤回しなさい。なんとかまとめてあげる……」

もちろん、そんな気持ちはなかったが、そのことばはありがたかった。

そうこうしているうち、ギリギリのタイミングで割愛願いがきた。私は腹を立てた。恩師のところへ行って、「行く気がしませんから、断ります」と言うと、先生からたしなめられた。

「それはいけない。そこまでにするのに苦労した人たちが何人かいるはず。いま断れば、その人たちの苦労が台なしだ。それはいけない。移りなさい」

なるほど、と思いなおして、お茶の水女子大学へ移った。

お茶の水がゴタゴタしたのは、私が教授として受け入れてほしいと希望したからである。

そのころはどこの大学でも、〝鈴なり講師〟。一教授の下に複数の助教授がぶら下がっていた。助教授の昇任は内部選考であるから、多少なりともモメるのが当たり前。その間、教室がいやな雰囲気になる。

それを、この際、避けたいと思ったのである。ダメなら断ってくれればいいと思っていたが、受け入れ側は、そんなきれいごとではすまない。年をとった助教授をかかえている学科が、いっせいに反対したのである。

それを切り抜けて、割愛願いにこぎつけたのである。いい気になって、蹴《け》ったりしてはいけなかったのである。ふかく反省した。

園長の規則違反

お茶の水女子大学へ移って五年目、エレベーターで仏文の教授に顔を合わせる。彼が意味ありげに、「ご苦労さん」と言う。こいつにそんなことを言われる筋合いはない。おかしいと思って、すぐ思い当たった。

次の週に、学部長の選挙がある。その候補のひとりになっているのにちがいない。たいへんだ。黒幕のボスははっきりしている。さっそく直談判《じかだんぱん》に出向く。

「そんなことになったら、この大学を辞めます」

と言うと、黒幕教授はびっくりして、

「それはすまんことをした。許してください」

その言い方が、いかにも男らしく、気持ちよかった。それからその先輩教授とは、学内でもっとも親しい仲となり、よくシャブシャブの鍋をつついた。

また数年すると、「あいつは学校の役職から逃げて、アルバイトでかせいでいる」という話を、事務の連中が言いふらしているという。専門外のことに手を伸ばし、原稿を書いたり講演をしたりするのがおもしろくないのだろう。役職はいやだが、そんなことを言われるのは本意《ほい》ではない。

そのころは学長となっていた先の黒幕先輩のところへ相談にいく。

「いちばんなり手のすくない役職？　そりゃ、幼稚園長だよ！」

「じゃ、その園長にしてください」

「なり手がなくて困っている幼稚園が喜ぶ。ありがたい」

というわけで、にわか園長があらわれた。

園長になって幼稚園の職員に向かって、

「私は、雨傘《あまがさ》園長です。天気のよい日は用がない。どこにいるかわかりません。しかし、雨がふったらさしてください。責任はすべて負います。雨傘園長をどうぞよろしく」

と言ったら、みんな明るく笑った。

運の悪いことに、そのころ、所属していた日本英文学会の会長選挙があって、おどろいたことに私が会長に選ばれてしまった。

もちろん断るが、幼稚園長になったから会長にはなれません、と言っては、学会が気の毒である。健康問題にするほかない。

喘息《ぜんそく》であることは知られていたから、病気の診断書を書いてもらって、辞退することができた。どんなことでも、その気になれば断るのはかんたんである。

せっかくなった幼稚園長である。雨傘だからと怠《なま》けているのはおもしろくない。

そのころ幼稚園の職員がいちばん不満に思っていたことは、ほかの附属の小学校、中学校、高校の教師は週一日の研究日をもらっていたが、幼稚園は教員が少なくてそれができず、週六日勤務だったことである。

これを改めようと考えた。正式な手続きを踏んでいれば早くて数年かかる。すぐ実施したいとひそかに策を練《ね》って、職員会議で私案を明らかにする。全員大賛成。

すぐ父母会を開き、毎週土曜を家族の日とし、家族だんらんに当ててほしいが……と言う。ひとりの反対もないから、次の週から実施と決めた。企業が週休二日をはじめたころである。

本来なら所管の学部教授を通さなくてはならない。もちろん学部長の承認が必要だが、この際一切、省略。すべて園長の責任で進めた。

大学本部が、このごろの幼稚園は土曜にこどもがいない、と首をかしげたが、あらたまって苦情を言う者もなくて平和であった。

五年すると、あいつはいつまで園長をつづける気かという声が聞こえてきたから、すぐ辞めることにした。

後任の園長に、「これは、私案でどこの承認もとりつけていない。あなたがいやだったら、元へもどしてくださって結構」と言い置いた。もちろん、後任はつづけると言った。

それが何年かつづいたとき、文部省が注意してきて、週六日に戻った。叱られた人はいなかった。

おもしろかったのは、その三年後、学校五日制が施行されて、幼稚園も旧に復することになったことだ。われわれは、十年進んでいたのである。

郵便好きは友を呼ぶ

若いとき、退屈《たいくつ》しのぎに読んでいたイギリスの本に、大きくなったら何になりたい？　ときかれた少年が言下《げんか》に、
「ポーストマン（郵便配達）！」
と答えた、というところがあって、抱きしめてやりたいような気持ちになったことがある。

それから、ときどき、この少年のことを心に描く。そして、自分にも、似た気持ちがあるような気がした。

アメリカの少年は、こんなことを言わないだろう。中国やロシアのことはわからないが、おそらく郵便好きはすくないにちがいない。

日本のことだってよくわからないが、大陸国に比べれば、郵便好きは多いにちがいない。

手紙が愛されるのは島国文化である、と勝手な理屈《りくつ》を考えたこともある。

私自身、手紙好きになったのは、そんな理屈からではない。

家庭がおもしろくなく、心配した父親が半分、〝島流し〟のようなつもりで、中学校の寄宿舎へ入れた。

さすがに気が差すのか、父は毎週のように手紙をくれる。忙しいと、はがきのこともあるが、たいていは封書。達筆のペン書きで、あて名に「どの」と添えてある。どういう意味かわからなかったが、一人前に扱ってもらっているようで悪い気はしない。

毎週のことで、そうそう書くことのあるわけがないが、結びは決まっていた。

「勉学専一に願い上げ候《そうろう》」であった。

そのころ、親がわが子に書く手紙でも、候文《そうろうぶん》が当たり前だった。さすがに中学生は候文を書くことができない。です、ますの文章だったが、ときどき茶目っ気を出して、候文の手紙を書いたこともある。

そういう父の手紙を五年間もらっているうちに、すっかり手紙好きになったらしい。毎日、郵便のくるのを心待ちするようになる。かけ出しの若者に手紙を書くほどの閑《ひま》人《じん》はすくないから、手紙のこない日のほうが多い。それがひどく淋《さび》しい。

毎日、なんでもいい、郵便がくるようにしたい。

それには、こちらから、手紙、はがきを出さなくてはならない。用がなくても、どうしているか、消息をたずねて手紙、はがきを書く。筆不精《ふでぶしょう》の人が多いらしく、返事をよこすのは二人にひとりくらい。それでも、用のないはがきなどを書いていると、返事をくれる人がふえる。

そんなふうに郵便を心待ちにしていたのは、よほど孤独だったのであろう。手紙に救われて生きていたのかもしれない。

いい年になってからも、毎日、郵便を心待ちにする。その時刻になると、そわそわ、落ちつかなくなる。

玄関で、コトリと音がする。すわ、郵便だと飛び出すように玄関をあけてみると、風のいたずらだったりする。

たまには、玄関をあけると、配達さんが手紙を持って立っていることがある。ごく自然に、「ありがとう」と言うと、向こうもいい顔になる。

そのころ、労働組合の闘争がさかんで、全逓《ぜんてい》（全逓信労働組合）、つまり郵便関係はもっとも強硬だった。

そういうことが嫌いなこちらは、頭の中では全逓をにくんでいたが、うちへ郵便物をはこんでくれる人は別格。仲間のような気がするのである。

うちの庭にみかんの木が三本あって、毎年、りっぱなみかんをならせる。手紙を持ってきた配達さんが、ほめる。静岡出身で、みかんを見る目が肥えているらしい。

「じつは、あのみかんの木、三十年も前に、静岡でもらってきたのです。縁がある。いくつか持っていってください」と言って、いくつかもぎとって、若いポーストマンに渡した。本当はいけないことだろうが、友だちだから……と心の中で言いわけした。

すこし世の中がおだやかになったかと思うようになったころである。うちのあたりの郵便の本局から、招待を受けてびっくりする。

そのころ、私は、月にはがきを二百枚くらい買っていて、個人としては突出していたらしい。そのお礼だというからおどろく。

郵便好きは友を呼ぶのであろうか。

まったく未知の人からはがきなどが届く。こちらの書いた本を読んだ感想を伝えるものが多い。ありがたい読者だから、お礼のはがきを書く。

すると、それへの返事がきて、友だちのようになることもある。七十代の﨟長《ろうた》けた女性らしい。なんとなく親しくなって、はがきのやりとりが続くということがある。

いつの時代も、二人か三人、そういう未見のふみの友がいて、おもしろい。先方も同じ思いをしてくれているのだから、五年、十年と、はがきのやりとりが続く。こなくなったと思っていると、亡くなっていたりする。

同じ年ごろの男性で、ふみの友になることは、ごく珍しい。七十代の男性は、手紙やはがきを書いたりするような、辛気《しんき》くさいことをしないのかもしれない。

テレビのニュースなどを注意していると、秋に山へキノコ採りに入って、帰れなくなり遭難《そうなん》するのが、申し合わせたように七十代の男性である。いかにも孤独である。

たわいもないおしゃべりやふみを交わしていても、それほどいいことはないが、命を落とすおそれは小さい。

かつての学生

大学紛争《ふんそう》という文学が飛びかっていたときである。学校へ行ってみると校門にピケを張っている学生が「通れません」と制止する。

こちらには通る権利がある。構わず入ろうとすると、まわりの者がどっと押しよせてとり囲み、「反動を通すな！」などと叫《さけ》んでいるらしい。

見ると、教室で見たことのある顔がある。

なんだかおもしろくなったように思って、ピケ破りに出る。

「きみらの言っていることは、みんな、どこかで仕込まれたセリフ、借りものだ。そんなものは信用しない。もし、三十年たっても同じことを言っていたら、きみらの思想として認めてやる！」

話にならんと思ったらしく、学生は散った。

世の中というのはおもしろい。そのとき、冗談半分に言った三十年がたったのである。ピケの学生たちが、クラス会をするという。出たくはなかったが、昔のセリフがどうなっているか、興味があって出席した。

かつてのハネ上がりも、りっぱな紳士になっている。世話役があいさつをする。

「われわれもあまり勉強しなかったが、先生たちももっと勉強してもらいたかった……」

などと言うものだから、おもしろかった。三十年も昔のことなど、覚えていられますか、というのであろう。こちらは愚直《ぐちょく》である。校門のピケのことは忘れていない。

「後生畏《こうせいおそ》るべし」というが、こんな後生ではこわくない、と思って、いくらかいい気持ちであった。

こちらがピケ破りをして、ゴタゴタしていたとき、有名な女子大学の学生が、図書室に水をかけて蔵書をダメにしたということが新聞に出た。何を血迷ったか、わけがわからないが、それを伝える新聞がおもしろがっている風があって、腹を立てる。

あのころ暴れたのは、真面目な勉強家がかなりふくまれていた。これは深刻な問題である。真っ当にやっていれば、相当な力をつけることができたであろうに、悪い病気にかかって、あたら一生を棒にふってしまった。

私を吊《つる》し上げたピケの学生たちも、全員ではないにしても、善良な努力家を多くふくんでいたはずである。それを救うことができなかった。やはり、われわれ常識的な教師も反省しなければいけないところが多い。

三十年して、そんなふうに考えるようになったが、いかにもおそい。

そのころ、私は、F君に期待していた。哲学者のお父さんを早く喪《うしな》い、お母さんも亡くして、お姉さんの世話で大学へ入ってきた。

大学院を出ると、いい論文を書く。これは応援しなくてはと思った。

さいわい認めるところがあって、若くして大学の職を得た。そして、数年すると、旧制帝大のひとつの英文科から招かれた。

F君が相談にきた。行くべきかどうか、というのである。

こちらは俗物である。旧帝大の英文科から招かれるのはたいしたことではないか。断る手はないと、はげました。

「採用しようと言ったK教授は旧知であるから、たいへんいい話だ。ぜひ、行きなさい」

とつよくすすめた。

二年くらいしたとき、F君が会いにきた。たまたま神田の学士会館にいた私を探し出してきたのである。

どうも、いまのポストがおもしろくない、ということを訴えにきたらしい。K教授がひどい暴君のようだ。おだやかなF君だから、はっきりしたことは言わないが、日ごろつまらぬことで、K教授からいじめられているみたいで、おどろいた。

その日、私は、あとに仕事をかかえていて、ゆっくりF君の話を聴いてやる心のゆとりがなかった。「そのうちに、よくなるだろう。しばらくがまんしなさい」などといい加減なことを言って、帰してしまった。

何ヵ月もしないうちに、F君は大怪我《おおけが》をした。

早朝、バス停で待っているところへ朝帰りのクルマにぶつけられて、瀕死《ひんし》の重傷。それがもとで、あっという間に亡くなってしまった。未亡人が、あのとき助けてくれなかったと怒ったらしく、葬儀《そうぎ》にも呼んでくれなかった。

すべてはKのせいだと思って、天を仰《あお》いだ。

やがてK教授も亡くなった。

そうなったって、こちらには関係がない。K家との付き合いは一切拒否。すべての案内などには返事をしないで、敵意をあらわしたつもりであった。

それから、もう二十年くらいになる。このごろ、ときどきF君のことを思い出し、ついでにKのことも思い出し、いちばんいけなかったのは、やはり、自分だったのではないかと思うことが多くなった。

独立独歩の気風

小学校を卒業、別れ別れになる前に、記念になることをしよう、と三人の仲良しで、三河《みかわ》（愛知県の東部）の吉良《きら》のお寺（愛知県西尾《にしお》市の華蔵寺《けぞうじ》）へ自転車旅行を試みた。

なんとなく、世の中に抗議する気持ちがあった。

フィクションの忠臣蔵《ちゅうしんぐら》を信じた人たちが、吉良上野介《こうずけのすけ》（吉良義央《よしなか》）を悪者呼ばわりするのに、反感をもっていたのである（三河は吉良氏の所領）。

大正時代、村の芝居小屋で、旅役者の一座が忠臣蔵をやった。すると、その夜のうちに、芝居小屋が焼かれた。

何年かして、また別の一座が忠臣蔵をやったところ、やはりその夜のうちに小屋が焼けた。以来、三河に忠臣蔵は近づかない。忠臣蔵を知らない人たちが多かった。

そぶりには出さないが、土地の人は反体制的であった。

その三河の中心地は、岡崎《おかざき》である。明治中ごろ、東海道本線が走るようになった。昔の東海道と並行して列車が走ることになったのである。当然、岡崎駅ができるはずのところであるが、岡崎の人たちは、明治政府のすることを信用しない。岡崎市内を通ること相成《あいな》らぬと反対運動をした。しかたなく、東海道本線は旧街道から大きく南を通ることになった。

何十年もして、やはり岡崎駅がないと不便、ということになり、鉄道省に願い出たらしい。開通時のこともあり、ひどいイジメにあったすえ、やっと岡崎駅が生まれたが、そのときのこともあって、新幹線には岡崎駅がない。

複雑な気持ちで、政府のすることをにくむ人たちの恨《うら》みはあとあとまで残った。新政府にとって、三河は危険地帯だったのである。

農業用水が必要だったが、国は一文も出してくれない。民間の篤志家《とくしか》が私財をなげうって、明治用水を完成、三河を日本一の農業先進地帯にした。

三河の人間は、えらくなれないようになっていたらしい。

役人もすこしえらくなると、新政府系の役人に譲《ゆず》らなくてはならない。軍人も、兵隊にはなれるが、士官にはなりにくい。軍人でえらくなろうという若者は、この前の戦争までほとんどいなかった。

だいたい、上級学校がない。名古屋にあるからという理由だったのかもしれないが、三河にとって、尾張《おわり》の名古屋は〝外国〟みたいなものだった。

旧制中学を出ても、行くべき上級がない。大学はもちろん、高等、専門学校もひとつもなく、岡崎にあった師範学校（中等学校）が最高の学校であった。

若者は出世ということをあきらめたようで、小学校教員と僧侶《そうりょ》志望が多かったのは、いささか、あわれである。

戦争がはじまろうとしていた時代でも、軍人志望は多くはなかった。けっしてえらくなれなかったからである。

ずいぶん露骨《ろこつ》な差別を受けた三河であるが、三河の人間は腰抜けが多い。〝お上〟に楯《たて》つくようなことはしないで、せっせと実業、産業にはげみ、得た収入は、タンス預金にする。銀行を信用しない。

かなり多くの人が、三河出身であることに肩身のせまい思いをしていたのに、自覚症状がなく、ただ、ぼんやりと憂うつであった。

三河人でそういう思いをいだいて世を去った者が、どれくらいいるかわからない。

三河の風のもとは、徳川家康《とくがわいえやす》である。豊臣秀吉《とよとみひでよし》、織田信長《おだのぶなが》に比べ、家康をタヌキジジイであるように言ったのも、新政府のひとつの戦略である。お人よしの三河の人は、半ばデマを信じた。

くもりのない目で見れば、徳川家康はすばらしい政治家であった。世界的に見ても一流である。

徳川が日本をおさめていたとき、日本は〝鎖国〟をしていた。外国と絶縁することで、外部勢力の侵入を防ぎ、三百年近くの平和をもたらした。

この時代、ヨーロッパの諸国は戦争ばかりしていた。どの国も、歴史の三分の二は戦争していたのである。

また、江戸へ幕府をひらいたのは、たいへんな英断である。

世界の首都で、東京ほど自然条件にめぐまれたところはない、といってよい。気候温暖、冬にも大雪が降らない。台風がきても、関東は難をのがれることが多い。地の利を得ているのである。

そのほか、良質の水、富士の伏流水を利用することができる。早くから豊富な水を使うことができた。

近年、首都を移そうという動きがあるらしいが、志《こころざし》は卑劣《ひれつ》である。人間尊重の発想がかけている。

江戸は、戦争を心配する必要がなくなり、芸術に目ざましい成果をあげた。もちろん当時、世界最高の文化的、芸術的豊かさをもっていた。鎖国していたため、外国の知るところとならなかったのである。

十六世紀から十七世紀にかけての時代、世界的に見ても徳川家康のような政治家はいなかったとしてよい。

どうして徳川家康がすばらしい政治をすることができたか。

くわしいことはわかりかねるが、若いときの苦労がものを言っていると考えられる。今川《いまがわ》家の人質として、どういう苦労があったかわからないが、そういう経験をもった政治家は、世界的に見ても、例外的であるといってよい。

徳川家康は、天才らしからざる天才である。それをゆがめて、悪人にした歴史家の罪は大きい。

三河の風は平和と繁栄をもたらす。

それを封じた維新の風はおそろしい毒をもっているのではないかと疑ってよいかもしれない。

5 退屈は人生の大敵

夜の火事が近く見えるらしい。近んだと思

ってかりましたのが、隣の村の外れであったり

して、火はもう治まっていて、すごく帰っ

風邪をひいたという話もあった。

どうして遠くの火事がおもしろいの

か、ここをにわかるわけがないが、不思議で

あった。

すごく大きくなって対岸の火事とい

うことは言えた。対岸の火事だろ、お家

が焼けたり……すれば怖くないから、心静かに

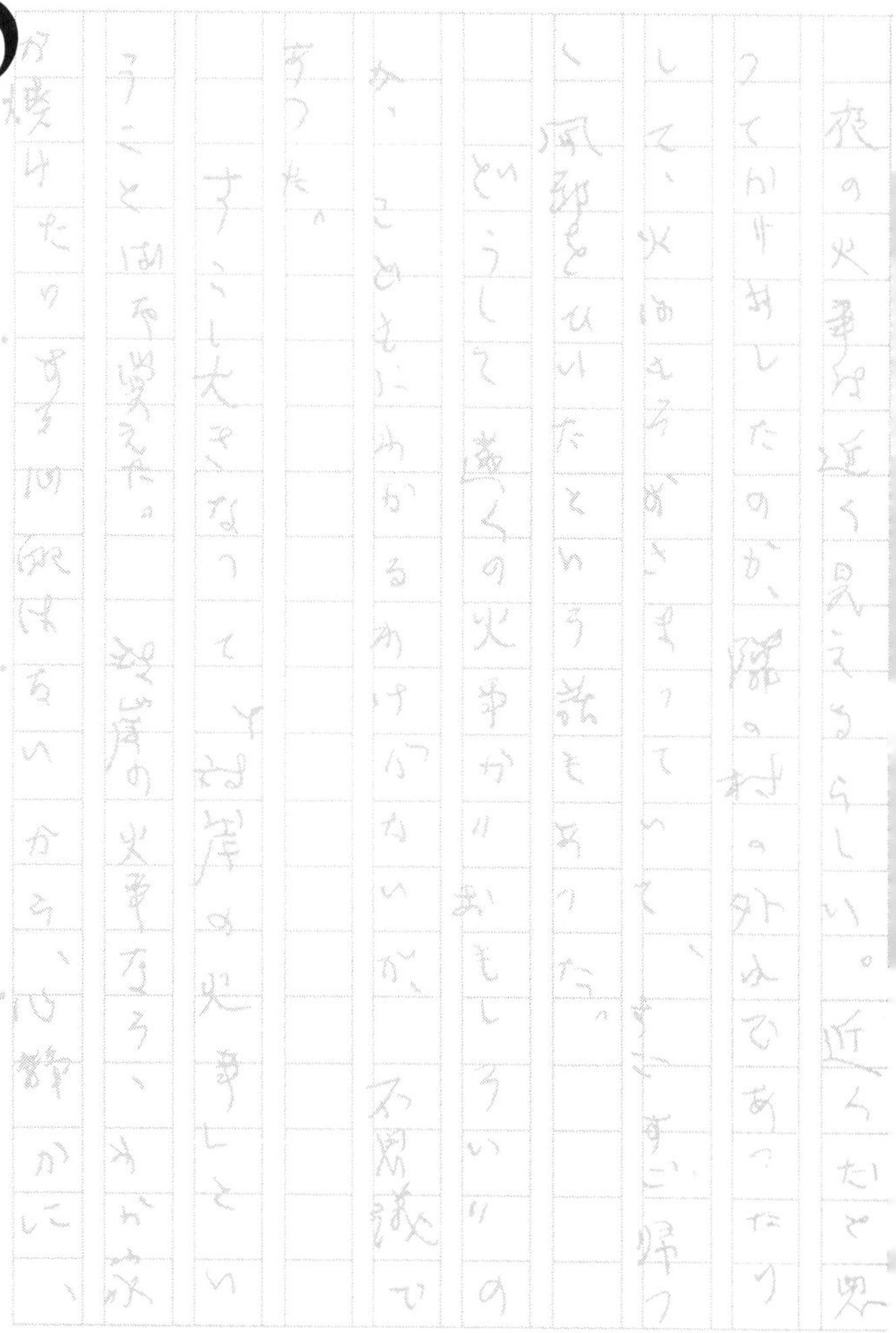

「読者」という新発見

学校を出て十年くらいたったころ、好意をもっていてくれた先輩から、とにかく、書きなさい。書かないと、遊んでいるように見られる、という忠告を受けて、あらためて、わが身の不甲斐《ふがい》なさを思った。

人並みに、あるいは、人並み以上に勉強しているという自負はあったが、書いて発表することができない。書くことがないからである。

もちろん読んでおもしろい、と思った本について書くことはできるが、そんなこと、意味がない。どこかに書いてあることを書けば剽窃《ひょうせつ》である。落書きにも劣《おと》る、と思っていたのである。

そのころ、ある有名な英文学者が、イギリスのよく知られた本のさわりをそっくり真《ま》似《ね》た文章を、雑誌に書いていた。

どうしてこんな恥ずかしいことをするのか。書くことがなかったら、沈黙《ちんもく》しているべきだ。こういう学者には死んでもなりたくない。

そんなことを思って、ますます、ものが書けなくなってしまった。

書けなくても読むことはできる。さいわい、大学の研究室に、そのころ日本では珍しく、ケインブリッジ学派の著書がそろっていた。

いずれも難解な文章で、かいなでの語学力では歯が立たない。それを片っぱしから読んでいくのは愉快である。発表しなくてはいけないと言われても、書くことのできない自分には、こういう本を読むしか手がない。そう思っていた。

I・A・リチャーズというイギリスの批評家が、ケインブリッジ大学の英文学の総帥《そうすい》であった。文学を文学の外から研究しようというのが、文学青年的な文学研究に不満をいだいていた私に、つよい刺激になった。

これなら外国人だってすることができる。アウトサイダーの方法である。

何年もケインブリッジ・スクールの本に親しんでいて、Q・D・リーヴィスという女性批評家の『小説と読者層』という本に出会い、これはおもしろい、と思った。

しかし、読者層というのは、社会学のテーマである。ひとりひとりの読者のことは棚上げにして読者層を問題にするのは、ひとつの偏向《へんこう》であると感じて、すこし反発し、そのうちに、この本のことも忘れようとした。

そんなときに、ひとりひとりの読者がなぜ問題にならないのだろうか、という疑問がわいてきた。

ちょっと考えてもわかるわけがない。これまで、文学研究の歴史はながいが、作品論か作者（家）論ばかりである。ひとりひとりの読者を問題にすることはなかった。

しかし、読者が存在しなければ、本は存在できない。いくら有名な人の書いたものでも、読む人がいなければ、ただの文書である。文章とはいいがたい。ましてや作品にはならない。

読者は、文学作品にとって、作者とは違っているが、大きな意味をもっている。すぐれた読者をもたないものが古典になったりすることは、かつてなかったはずである。

そんなことをひとり考えて、興奮した。作者論、作品論の向こうを張る「読者論」がなくてはいけない。

その考えにもとづき、試論「読者の方法」、ついで「読者に関する断章」を雑誌に発表した。

まともに読んだ人はいなかったらしい。まったく反響がなくてつまらなかったが、このテーマはもっと掘り下げなくてはならないと心に決めた。

まったく反響がなかったといったが、国文学の人が興味をもって読者研究を提唱したりしたが、モノマネで、話にならなかった。

私は、その後、『近代読者論』(垂水書房、昭和三十九年)、『読者の世界』(角川書店、昭和四十四年)などを出したが、まったく反響はなかった。自分では、世界に類のない考え方だと思っていたのだが、見る人がいないのだからしかたがない。

一九七〇年ごろ、ドイツのコンスタンツ大学で、「受容理論」が起こり、たちまち、全世界の注目を浴びたのにはおどろいた。作品と、その受容者として読者の対話を提唱した新しい文学理論である。

私の読者論にはハナもひっかけなかった文学研究者たちが、さっそく私について話題にした。私の考えと近いらしいが、あまり関心がなかった。

まわりの研究者はさすがに気がついたらしく、「ドイツより十年早い『読者論』だ」と言っていたのを、うれしく聞いていた。

「受容理論」はあっという間に光を失ったが、受け手の問題に関心をもつのが、敗戦国民であるらしいことをおもしろいと思っている。第二次大戦で、日本はドイツとならんで敗戦国である。

強者は〝受け手〟であることを喜ばないのか。読者に心を寄せるのは弱者なのかもしれない。

文章がうまくなるには

もともと、同人雑誌づくりが好きである。

自分ではロクな文章も書けないくせに、同人雑誌をつくってはよろこんでいた。

大学四年にもち上がったクラスが卒業することになったとき、「同人誌をつくれ、『あゆみ』という誌名にしなさい」と言った。

ほとんど全員が、不賛成。

しかたがない。「アイアムビッグ」という名にしたら、みんな納得した。

何年もすると、みんな、文章がうまくなっているからおどろく。みんなに見せる文章だから、それなりに苦心するのであろう。自然に文章がうまくなる。

私は、出版社の嘱託《しょくたく》をしているときに、有力な同人雑誌「ももんが」の末席に加えてもらった。旧制一高、東大の出身者でかためた雑誌だったが、偶然のきっかけで同人にしてもらった。

主宰格の田中隆尚《たなかたかひさ》氏（歌人）が、私が編集していた研究社へやってきて、紹介状を見せ、「広告がほしい」と言う。

まったく知らない雑誌だが、カネが足りないというのはよくわかる。とにかく経理にかけあってみましょう、となった。

経理の部長は、もちろんシブチンである。「ももんが」は有力な同人誌で一般にも注目されだしている、などと出まかせを言うと、経理のおやじさん、「何部刷ってるんですか」ときく。

うっかりして、そんなことは聞いていない。「はっきりした数字ではないが、千部に近い部数」とこたえると、部長は三千円をくれた。

もうすこし出せばいいのに……と思って応接室へもどってみると、田中さんが小さくなっている。ダメだと決めていたらしい。

「三千円出してくれました」と言うと、田中さんがじつにいい笑顔を見せた。のちのちとは物価もちがい、三千円は望外の額だったらしい。

数日すると、「ももんが」の同人になってくれ、と言ってきた。また、広告をとろうというのか、と思ったが、同人にしてもらった。そして、むやみと雑文を書いた。それまで書けないといっていたのが、ウソみたいになった。

「ももんが」の資金不足は相変わらずであったが、広告代をとってくれと言われたことはない。不足分は田中さんが月給から払っていたらしい。われ及びがたし。

「ももんが」は田中さんの力で三十年つづいたのである。


田中さんは亡くなる前に、自費で、全十何巻だかの著作集を企画した、と言って、われわれをおどろかせた。出版に先立って田中さんは亡くなり、刊行所から、この著作集を受けてくれるかどうかという問い合わせを受けた。

それが、なぜか、いやだった。受贈辞退の返事をした。

あとできいたことだが、受けとりを断ったのは京都大学の図書館と私だけだったそうで、関係者から深いうらみを買うことになった。

しかし、後悔《こうかい》していない。読みもしない本をもらって礼状を書くのがいやである。だいたい、本を出すと、知友に贈るのがおかしいではないか、と考えたりした。

たまたま、そのころ、私の本が出た。例によって数十人の方に寄贈した。年末年始にかかったせいか、受け取ったという知らせがほとんどこない。問い合わせる筋のことではないから、がまんしていたが、どうも配達されなかったらしい。全逓のストで、郵便が混乱していたのである。本局にかけ合ったがラチがあかない。これから、本を贈るのはよそう。そう思って、いっさい自書寄贈をやめてしまった。出版社が営業用に送るのは勝手だが、著者としてはどなたにも進呈しない、と決めて数十年、実行している。

はっきり抗議する親しい人もあるが、節を曲げない。田舎の旧友がおこっている。

「どうして、くれないんだ、それくらいのカネを惜しむなヨ」

気のおけない相手だから、カネをケチっているのではない。読んでもらいたくない、と説明すると、

「読まれたくないのならなぜ、本を出すのか。わけがわからん」

「いや、よくわかっとる。知ってる人には読まれたくない。まるで知らない人に読んでもらいたい……」

そんなことで、もう四十年ちかく、先輩、知人に自分の本は一度も贈らない。悪くい

われているらしいが、気にかけないことにしている。
そろそろ、切り上げないといけない、と思うことが多くなった。

心残りのロクロ

小学校六年生のとき、図工を武内先生に習った。専科の先生で、週一時間だけ教わった。

だまって教室へ入ってこられる。だまって粘土をくばられる。ひとことも言われないが、不思議と、こどもたちは、おとなしくしていた。

めいめい、何を作ってもよかった。

先生は、教室のすみのロクロに向かって、黙々《もくもく》と何やら作っておられるが、こわくて近づけない緊張の空気がただよっていて、こどもたちを神妙にさせた。

毎週、粘土細工ばかり。図画なんか一度も描かなかったが、こどもたちは、武内先生をひそかに尊敬していたのだ。

二ヵ月に一度くらい、こどもの作ったものを焼いてくださった。たのしみだった。小学六年間で、こんなに〝深い〟授業はなかった。ほかのことはほとんど忘れてしまったのに、武内先生のヒゲ面《づら》は忘れない。

こどものことだから、中学へ行くと、すぐロクロのことを忘れてしまった。

そして、三十年。十二年つづけてきた編集の仕事から、自分の意志で離れた。

当然、心の中に大きな空洞《くうどう》が生じて、このままではおかしくなる、とあせった。

教師のほか、できることはなにもないが、焼きものは作ってみたい。もちろん、武内先生を思い出す。

大学の英文科の教師だったが、どうしたら陶芸をはじめることができるかわからない。芸術学科に友人がいて、彫刻を教えているから相談にいった。この大学に陶芸科はなかったが、共通コースの陶芸実習があった。そこへもぐりこませてもらって、ロクロを学び出した。

若い教師が、「ロクロは十代でないと一人前になれません」と四十男にイヤミを言ったが、そんなことに構っていられない。

ロクロのあいているときは、すかさずその前に座って、まわす。時間など問題ではない。朝の十時ごろからはじめて、ひと休みしようと思って時計を見ると午後五時、外が暗くなりかけていることもあった。空腹なんか感じない。夢中である。

これくらい本を読めば、他人《ひと》に負けない学者になれる、とひとり苦笑いしたこともある。

執念《しゅうねん》はおそろしい。ものにならないと決めつけられたロクロが、三年くらいすると仲間のような気がしてくる。

ひとりでやっているより、みんなと一緒に窯焚《かまた》きをしてみたい。そう思って、陶芸クラブをつくり部長になった。全体で十二、三名の、まとまりのよいクラブができ、ときどき徹夜の焼きをした。

英文科の学生にはない人間味があり、ものをこしらえるのは、本を読んで論文を書くことよりはるかに深く創造的であることを知る。英文科の学生は何年たっても他人行儀であるが、いっしょに窯を焚く仲間は、あたたかいものが伝わってくる。

専門をほったらかしにしていると家族は心配したらしいが、こんなにおもしろいもの、やめられるかと気にしなかった。

夏休みの暑い日、うちにいると、千葉・外房の海岸にいる陶芸クラブの学生から電話。

みんなでここへ来たが、××君が溺《おぼ》れたらしい。警察にたのんでヘリコプターでさがしてもらえと言って特急でかけつけたが、救えなかった。

家族の人から、なぜこんなことになったのかと言われて、つらい思いをした。費用もバカにならないが、それを私の負担とすることにして帰京。

大学事務局に報告。クラブ解散の届けを出した。

ロクロとも別れなくてはならなかった。

そのときの仲間で、焼きものをつづけてプロになったのが二人いる。ひとりはデパートで作品展をひらくくらいの作家になった。案内をうけたが、それを見るわが身があわれだから行ったことがない。

うちにあったロクロも、惜《お》しかったが、処分して、さっぱりした。しかし、あとあと、フッと思い出すと、妙な気になる。

そのころ、三重県の津《つ》の私立高等学校へ講演にいった。帰りに、おみやげだといって、手びねりの湯のみをもらって帰る。

あとから、あれは土地の銀行の頭取の作である、名は川喜多半泥子《かわきたはんでいし》、というからおどろいた。

そう言われてあらためて手にすると、不思議な喜びがわいてきた。

半泥子は、頭取でありながら、当代一流の名士として、作品を世に送った。自分も、あのままつづけていれば、その足もとくらいに近づけたかもしれないと思って、何日も心が重かった。


いまでも、武内先生のおもかげをしのぶことがある。

武内先生のようになろうと思えば、なれないことはなかったかもしれないが、しっかりした根性がなかったのだから、しかたがない。しかし、ロクロのうらみ、ロクロの思いは深い。

もういっぺん、ロクロをまわしてみたい。

ある朝、そう思って目をさましたことがある。

悲劇と悪と第四人称

こどものころ、平和な村に住んでいた。夏の暑い夜など、どの家も、雨戸もひかずに寝たが、泥棒に入られたなどということはなかった。

みんな、すこし退屈《たいくつ》していたのかもしれない。なにか起こらないかと思っている人が多かったのだろう。こども心にもそんなことを感じた。

例外があった。火事である。隣の火事ではいけない。すこし離れたところの火事が〝おもしろい〟。そう言ってはいけないが「見物にいく」のである。

村の半鐘《はんしょう》が、知らせてくれる。遠くの火事は間遠《まどお》に「カーン、カーン」と鳴らす。すこし近いと「カン、カン」になる。近火は早鐘で「カンカンカン」。

近火だったらたいへん。目の色を変える。しかし、遠い火事なら気が楽である。

冬の寒いときでも、遠い火事の半鐘が聞こえると外に飛び出す人がいる。そして、空が赤くなっているほうへ向かって走り出すのである。

夜の火事は近く見えるらしい。近くだと思ってかけ出したのが、隣の村の外れであったりして、火はもうおさまっていて、すごすご帰って風邪《かぜ》をひいたという話もあった。

どうして遠くの火事が〝おもしろい〟のか、こどもにわかるわけがないが、不思議であった。

すこし大きくなって「対岸の火事」ということばを覚えた。対岸の火事なら、わが家が焼けたりする心配はないから、心静かに、観賞（？）できるのである。

「火事とケンカは大きいほどおもしろい」というケシカランことばも、傍観者にとってのこと。かかわりのある火事やケンカなどとんでもないからだ。

どうも、ひと筋縄ではいかないのがおもしろいが、なんとなくすっきりしないのである。

これが、じつは、歴史的大問題にかかわるということが、芸術史の知識を得てからわかったのであった。

ギリシャ人はいち早く、「悪を喜ぶこと」を問題にした。人殺しは大罪である。罰《ばっ》せられる。ところが、それを再現したドラマが生まれると、人々は喜んでそれを観る。悪徳ではないか。そういうドラマをつくる詩人は悪人である。良俗の世の中へは入れられない。

そう考えた哲学者プラトンが、みずから考えた理想社会「共和国」から、詩人を追放してしまったのである。

ドラマの悲劇を見て喜んでいた一般の人たちは、途方にくれたであろう。アリストテレスがあらわれて、それを解決した。

「フィクションの悪をなんとか正当化しなくてはならない」という難問に直面したアリストテレスは、おもしろい比喩《ひゆ》を考えたのである。

人間は生きているうちに、心の毒を生じる。人を倒したいというよろしくない気持をふくらませる。かんたんには除去できない。それを除くには〝下剤〟をかけることだ、とアリストテレスは考えたらしい。下剤とは演劇や詩歌である。

いわゆる「カタルシス説」、悪をもって悪を制する理屈《りくつ》である。

いかにも説明のための説明であって、すべての人を納得させるものではないが、これにまさる説が生まれなかった。そのため、二千年たったいまの人たちも、この「カタルシス説」を半分だけ信じているようである。

私は、及ばずながら、この問題に関心をもちつづけた。こどものころの火事場見物のことが、どうしても忘れられなかったからである。

芝居のことを中心に考えた。

芝居をする役者、客席にいる観客とは、同じ人間でありながら、同一世界に生きていない。舞台と客席は別世界である。

うっかりしてそれを見落とすことがあってはたいへんだから、舞台と客席を分ける幕（カーテン）を引く。それでも、舞台と客席の違いのわからない野暮天《やぼてん》が、舞台にかけのぼるというようなことが起こる。さすがに近代の観客は、舞台と客席を同一世界であると錯覚するようなことはほとんどない。

舞台の上の人たちが、「第一人称＝私、われわれ」「第二人称＝相手」「第三人称＝人々」に分かれていると考える。

この「第三人称＝人々」に、客席の人間がふくまれていない、というのが肝心《かんじん》なところである。

演ずる人たち三人称と、それを観る観客は次元を異《こと》にしている。一方で、赤く見えるものが、他方では、白く見えるのである。舞台の上で演ぜられる悲劇は、客席から見ると〝おもしろく〟なる。ドラマの妙である。

その客席の人間の名がないから、同一世界との錯覚といった混乱が生まれるのだと考えて、私は「第四人称」ということばをつくった。

もちろん、文法は、第四人称などを認めないが、フィクションが成立するには、三人称の外に立つ人間を承認することが必要である。

第四人称を認めれば、悪をおもしろい、と感じるのが、ただちに、反道徳的となるわけではないとわかる。

隣村の火事を見にいった人たちも、第四人称の人間だったわけである。

遠くの火事をおもしろがるのは、ただちに背徳《はいとく》にならない、ということをよく理解しないといけない。

ひろく、表現、伝達の世界でも、第四人称的人間をしっかりとらえることが必須《ひっす》であるように思われる。

おもしろさのセレンディピティ

かつて、戦前の田舎の小学校、こましゃくれたこどもが、先生にたずねた。

「どうして、よく学び、よく遊べ、なんですか。ボクたち、こんなに遊んでいるのに……」

先生、目をパチクリさせても、なんとも答えようがない。自分でも、どうして「遊べ」と言うのか、わかっていないからである。答える人がいたら、こちらが聞きたい。そう思ったかもしれない。

同じように悩んだ先生が、どれくらいあったか、わからない。本当のことは、だれも知らなかったのであろう。

いま考えてみると、このモットーは外国から学んだものであるらしい。かつて、なにごとによらず、イギリスの真似をした日本である。
十九世紀のイギリスに、
All work and no play makes Jack a dull boy.
（勉強ばかりして遊ばない子はバカになる）
という、ことわざのようなものがある。
いくら翻訳とはいえ、「バカになる」ははげしすぎる。それで、思いきって「よく学び、よく遊べ」としたのであろう。
いずれにしても、勉強と遊びが同じように大切にされるところに新味があって、人々の注意をひいた。

こどもは活動的である。なにもしないでジッとしているのが、本来、不得手《ふえて》である。なにか、おもしろいことをしたい。そのために「おもちゃ」というものもあるが、かつての貧しい生活の中では、おもちゃを買うこともむずかしい。

「ナニカ、オモシロイコト、ナイカ、ナァ」と探すことになる。

松の木の新芽がのびているのを見ると、それをとってきて水に浮かべると、樹脂《じゅし》が出てゆっくり前へ進むことを知っているこどもが、松の芽の競争を思いつく。やってみると、新芽はすこし進む。何人かがめいめいの松の芽を浮かべて競争させる。しばらくすると、日が暮れて、方々からお経をあげる木魚《もくぎょ》の音が聞こえる。帰らなきゃ、とみんな家へ帰る。

次の日も、また同じように、松の新芽のボートレースである。自分たちの考え出した遊びだから、飽きたりはしない。

戦後、花粉症というのが人々をなやませた。遠くから飛来した、おもに杉の花粉によって生ずるアレルギー症である。かつて、杉の花粉をなにかあたたかいもののように思って育った人が、首をひねった。

どうして、杉の花粉がいけないのか、わけがわからない。こどものころ育った土地は、どこでも杉林、杉の森があった。

花粉がついて、たたくと黄色い粉が飛散するようになると、こどもたちは、その杉の花粉を集めに走りまわった。

黄色い杉花粉は、血止めの妙薬であった。血を吹いている傷口でも、これをかけると、血がとまるのである。農家では、稲刈りのように鎌を使う仕事をするとき、用心にこの花粉を瓶《びん》に入れて持っていったものである。

こどもたちには、傷ぐすりになる花粉などおもしろくない。まだ青く光っているツブのような杉の実をとってくる。それをはたいて、杉の実を集める。

一方、小竹をとってきて、自転車のスポークをさしこんで、小さな鉄砲をつくる。すこし技術がいるから、ガキ大将みたいなのが指南する。

小竹の筒に杉の実を入れる。そして、あとから、もうひとつ杉の実を入れて棒でつつくと、先の杉の実が、音を立てて飛び出す。

といっても、一メートルかそこいらで、鉄砲とはおこがましいが、「プチッ!」という音は鉄砲に似ていなくもない。

杉鉄砲は、松の芽ボートレースのように簡単ではないが、それだけにおもしろい。しばらくのあいだ、毎日のように杉鉄砲で遊んだ。時のたつのを忘れる。

ほかにも、いろいろな遊びを手作りするのである。遊ぶのもおもしろいが、作るのはもっとおもしろい。こどもたちは、発明の力をもっていたのである。

大人になって、仕事をするようになると、忙しく、遊んでいるヒマもない。やがて、おもしろく遊ぶということを忘れてしまう。

勤めの仕事をしていても、休日がある。だんだんふえて、二連休などというのが多くなる。遊び方を知らない、あるいは、忘れてしまった人たちが、あわてる。うちにいられず、休日の職場へこっそり行く人がでる。元気な人は、小旅行を試みる。ぐったりして帰ってきて、ブルー・マンデーとなる。うまく遊ぶのは、思いのほかむずかしいのである。

退職した人は毎日が休みとなるおそれがあるが、遊び方、休みのすごし方がわからないから、ぼんやり、猫とたわむれたりしている。その間に、老化がしのびよる危険は小さくない。

なんでもいい。忙しくなるのがいい。だが、あまり時間やカネはかけたくない。

こどものときに、いろいろとおもしろいことを考え出した人も、機械的な仕事を中心に何十年も働いていると、おもしろいことを忘れる。新しくおもしろいことを見つける想像力も弱っている。

退屈という大敵が待ち伏せているのにも気づかずに、老い急ぐことになる。

こどもは、おもしろいことを見つける。なければ、手作りする能力にめぐまれているが、仕事をしてきて年老いた人には、その力がないのが普通である。個人としてはもちろん、社会としても大問題である。

かつてのイギリス人は、こういう場合にクラブをつくった。何人かが集まって、四方山《よもやま》のおしゃべりを楽しむ。そこから、おもしろいことが生まれたりして、クラブは社会的にも高く評価されるようになった。

日本も、それにあやかろうとしたが、人生を変えるようなクラブは生まれなかった。おもしろさを見つける場としての集まり、会合をつくることはできないか。

私自身、そう考えて、いくつかの小会をつくってきたが、力及ばず、発見したおもしろいことは、ほんの二、三である。

どうも、知的な〝おしゃべり〟がいいらしい、ということがうすうすわかってきた。こどものころの遊び心を友人とよみがえらせられないものかと思っている。

このごろ注目されているセレンディピティとは、思いがけずに幸運を発見する能力のことである。

かつてイギリスで流行した『セレンディップの三王子』というおとぎ話にちなんだも

のである。三王子はたえずものを見失い、それを探すのだが、探し物は出てこない。代わりに思いもかけぬものが飛び出してくるのである。

現代のセレンディピティは、そういうおしゃべりグループから生まれてくるのではないか。そんなことを本気で考えはじめている。

6 人間の不思議

ほめられる喜び

やってみせ
言って聞かせて
させてみて
ほめてやらねば
人は動かじ

ご存じ、山本五十六《やまもといそろく》の名言である。こういうことを言えるのは、稀有《けう》の教育者である。軍人などにしておくのはもったいない。そう思って、山本元帥《げんすい》を尊敬した。

教師は人の子を育成するつとめをもっているが、人を育てるとはどういうことかを考えたりしていては出世競争から落伍《らくご》する。つまらぬ教授法などをついていると評価を落とす。

教える相手があるから教師をしていられるのだが、いつのまにか、ひとりで教育しているような錯覚におちいる。教えられるほうが小さいとはいえ、人間であるということを忘れるのである。

それゆえ、たいていの者が、学校で勉強しているうちに、教師から才能を削りとられてタダの人になるのである。

ことに実力のあるとされる教師がいけない。ひどく自己中心的で、生徒のことは眼中になくて、勝手な意見を言う。

そうした先生によってつぶされた生徒が、どれくらいいるか知れない。

とくにいけないのが、ひいき。お気に入りの生徒をこしらえて、特別扱いをする。真っ当なこどもは、わけもわからず、それを不潔視し、学習意欲を失うのだが、お山の大将先生はまるで鈍感で、威張《いば》るのである。

自分のことを書くのは気がひける。恥ずかしいが、ことの次第からして、触れなくてはならない。

私は、戦前から戦中まで十数年、学校というところで勉強した。自分ではがんばったつもりだったが、力及ばず、優等生にはなることができなかった。先生にほめられたこともない。なんとなく冷たく、にらまれているような気がしていた。かわいげがなかったのであろう。先生をうらむことはできない。

学校とはこういうところだと感じていると、軍隊へ入れと命ぜられて、軍服を着た。軍隊は、そのころ世間で言っていたほどひどいところではなかった。もっとも、文字どおり鬼のような下士官などがいていやらしかったが、悪とわかっているのは、それほど悪くはなれないようで、うまくかわせば難をのがれることができる。いけないのは一緒に入隊した同年兵。さまざまな不良、悪人がいる。うっかりしていると時計をとられたりする。

われわれは、特別甲種幹部候補生という新しくできた士官養成隊に入れられ、千葉の習志野《ならしの》の士官養成隊に入れられていたが、やがて前橋の予備士官学校へ移ることになった。

われわれは機関銃中隊に入れられた。中隊長以下、百名くらいいただろうか。

この中隊長がじつにしゃれている。学科の授業も、水際《みずぎわ》立ってスマートであった。大学出だろうと見当をつけていた。相当な秀才で、こんなところにおくのはもったいないと思われた。

前橋へ異動する日程が決まった翌日、隊長が、明日は野外演習だ、と言った。なにもここにきて野外演習しなくてもいいじゃないか。みんなそう思ったが、もちろん、口に出せるわけがない。

当日、朝、隊伍《たいご》を組んで営舎を出る。しばらくすると、佐官の記章をつけたえらい人が馬にのってやってくる。われわれの中隊長、千葉中尉《ちゅうい》が駆けていって、

「第二機関銃中隊、これより谷津《やつ》海岸にて水際撃滅作戦に参加します」

と報告している。私はたまたまその日、模擬小隊長を命じられて隊の先頭にいたから、中尉の報告がよく聞こえた。

間もなく、海岸につく。隊長が、

「われわれは、来襲するアサリ軍を迎えて、これを水際で殲滅《せんめつ》せんとする。各員、おくれをとるな」

といったようなことを言っている。なんだ、潮干《しおひ》狩《が》りじゃないか。それにしてもうまいウソを考えたものだ、と千葉中尉の機智に感心した。

私はかねてアサリ採りが好きで、要領がいい。ほかの小隊がモタモタしているうちに、ムキ身をつくる要領を隊員に説明しておいた。能率がいいから、ほかの小隊の何倍かのムキ身をつくってもち帰った。夢のような一日であった。

翌日、中隊長が隊員一人ひとり、前橋移転のお別れの面接をするという。私の番になって、中尉の前に腰をおろすと同時に、

「きさまは、じつに頭がいい。これまでもそう言われたことがあるだろう」

と言われた。こちらは、頭がボーッとして、そのあと何を言われたかまったく覚えていない。

小学校このかた、面と向かって「頭がいい」などと言われたことは、一度もない。それを、軍隊で、こういうときに言われるとは、なんたる不思議。半分茫然《ぼうぜん》として部屋を出た。

それにしても、いい気持ちである。認めてくれる人がいるとは考えてもいなかっただけに、たいへんな力を与えられたような気がした。

それからも、しくじったり、失敗したり、自信をなくすることがいくつもあったが、そのつど、「じつに頭がいい」と言われたのがよみがえって、元気が出るということが

何度もある。千葉さんは恩人である。

中隊長がなにを根拠に、「頭がいい」と言ったのか。考えてもわからなかったが、ひょっとするとアサリのムキ身づくりの要領を見てのことだったのではないかと気づいて、すこし拍子抜けした。

かりにそうであってもいい。面と向かってほめられたことはほかにないのだから。

すべての幼児は天才的である

生まれてくるこどもも、赤ちゃんは、すばらしい能力をもっている。天才だといってもいいが、すくなくとも天才的である。

それとも気づかず、半ば放っておくから、やがて生来の力を失い、タダの人間になってしまう。

人の子は、未熟児として生まれてくる。生まれたとき、真っ当に働いているのは聴覚くらい。耳はよく聞こえる。胎内《たいない》にいるときすでに、母親の見ているテレビの音を感じている、といわれるほどであるが、ほかの目とか口、手足などは何ヵ月もしないと動き出さない。この点で、高等動物に劣《おと》っているということができる。

インプリンティング（刷りこみ）がおこなわれる。

たとえばトリ。生まれてすぐ、インプリンティングがおこなわれ、ヒナは短い期間で、空を飛ぶという高等技術を身につけて巣立つのである。

人の子は、未熟児の状態で生まれてくることもあって、このインプリンティングができない。すくなくとも先へのばさなくてはならず、その間に、忘れてしまうのであろう。インプリンティングを学ばずに大きくなるのが普通になってしまった。

そのことを忘れてしまったのか、幼児教育は、六歳ごろまで先送りされることになる。日本だけのことではない。世界中、たいていの国でインプリンティングはおこなわれていない。日本は、外国にならって、そうしているのである。

柄《がら》にもなく、幼児教育に関心をもつようになった。やはり、幼くして生母を失うという経験がひき起こした関心であろう。

いまの教育は逆ピラミッド型であると考えた。本来は、ピラミッド型、つまり、年齢の低いときほど大きなことができる。年齢が高くなればなるほど教育の効果は小さくなる。大学は小学校より大きな教育ができると考えるのは古い、と思って幼児教育を重視したが、その幼児教育でもおそい。インプリンティングに相当する早教育が必要ではないか。

本気でそんなことを考えて、幼稚園の園長を志願したのである。

しかし、シロウトの考えである。すこしも進まない。いらいらしているうちに、忘れそうになることもある。

新生児は、すばらしい能力、才能をもっているが、未熟児である。耳以外、はっきりした能力がないが、その聴覚で、新生児は、ことばの習得、というほかの動物では考えられない偉業を、ほとんど例外なしに達成してみせる。

その結果できるのが、昔の人の言った「三つ子の魂」である。はじめてのことばを身につけた子の個性のことをいうのである。ことばだけでなく、心の根幹をはぐくむのである。

まわりに、はっきりそれを教える大人がいなくても、すべてのこどもが「三つ子の魂」をもつようになる。天才である。すくなくとも天才的である。

ほとんどすべての子が天才的なのは、すばらしい。

ノンキな大人たちが、こどもは自然にことばを覚えるネ、などと言っているが、みどり児《ご》は、教わらないことばも覚えるという驚くべきことをやっている。特別な子だけではなく、ほとんどすべてのこどもが天才的語学力である。

みどり児のものごとの覚え方はすばらしい。

できないことを、ロクに教える人もいなくて、覚えるのである。たいへんな苦労であるが、みどり児は、それをたいへんとも思わない。

はじめはもちろん、うまくいかない。くり返しても、なかなかうまくいかない。〝実験〟である。そのうち、うまくいくことがあると、それを心にとめるらしい。つまり、失敗をくり返していって成功するのである。

失敗が先行。はじめからうまくいくことはない。それをこどもは、生まれながらにして知っている。神秘的といってよいであろう。

ことばは、もっとも複雑なシステムである。

はじめて英語を習うとき、ことばを覚えるのがいかにむずかしいか、こどもは身をもって経験する。何年たっても外国語が思うようにわからない。使えないのである。

それなのに、何もわからぬ新生児が、三年もすると、なんとかことばがわかるようになる。すばらしい、おどろくべきことである。

すべての子が、「三つ子の魂」をもつようになるのは人間のすばらしいところである。

ことばがわかるようになると、つまり、頭が発達すると、こどもは笑うようになる。それ以前にも、くすぐったりすると笑うかもしれないが、ことばや光景にふれて笑うのは、知的である。もの心のついた証拠である。

ヨーロッパでは、この初笑いを重視して、いつ笑うようになったかを、コンクールのように比べるらしいが、日本はどうしたことか、初笑いに注意することはない。それがよいことかどうかは、はっきりしないが、笑いということで理解を示すのは、まさに天才的である。

すべてのこどもが、知的な笑いを笑うようになる。やはり、すべての幼児は天才的だ、ということである。

口を使えば頭がよくなる

戦前のことだが、年をとった人を中心に「一眼、二足」ということを言った。こどもにはよくわからなかったが、人間、生きていくのにもっとも大切なのは目、ついで、歩く脚、ということだろうと思っていた。

それはそうかもしれないが、すこし偏《かたよ》っているような気がする。ほかはどうでもいいのか、とまではいかなくとも、目と脚を強調しすぎる理由は、こどもにはわからなかった。

いのちにとって大切なのは、心臓、肺、消化器官であるが、それは人間の意思にまかされておらず、自律《じりつ》的にはたらくようになっている。人間が信用されていないから、自然の摂理《せつり》に委《ゆだ》ねられているのである。

人間にまかされている体のはたらきは、目と脚だけではない。もっと大切なはたらきをしているところがある。

頭である。ものを考えたり、判断したりするのは、目や脚ではできない。

頭で考える。しかし、頭の中を見ることができないから、考える、などということがどういうことか、わかるわけがない。

手は、脚とはちがって、こまかいことを処理する力をもっているが、あまりに身近ではっきり自覚することができない。脚で歩くのははっきり目に見える。歩けなくなったらコトである、手より脚のほうが大事だといわれるのはわかる。

もっと大きなことを忘れている。というより、知らなかったのである。あまり近すぎて、目に入らなかったのであろう。口である。

口は災《わざわ》いのもと、などということばはあっても、口の大きな力をはっきり自覚する人はごくごく少なかったと想像される。それは、現代においても変わらない。みんな、口を軽んじている。

すくなくとも、目に比べて、口ははるかに劣《おと》る立場におかれている。賢い人間は、目で賢い、と思われているから、それが当たり前のこととなってきた。

本を読むのは目によってである。目は知識の入り口であるから、小学校へ入るとすぐ、文字を読むことを教えた。口でも読まなくてはいけない、ということを教師はほとんど知らなかった。

そういうと、いかにも、かつての学校教師がいい加減であったように誤解されるおそれがあるが、それは事実に反する。

かつての教員養成はきわめてすぐれていた。ことに小学校教員を育てた師範学校は、いまでは夢のような、ていねいな教育をしたものである。

その師範学校へ入るのは、高等小学校の優等生である。授業料なし、全寮制の五年間で、ほぼ完全な〝教師〟を育成した（戦後、アメリカの教員制度がとり入れられるのと引きかえに、この師範教育は消えることになった）。

その師範学校の教員養成で、ひとつ大きな忘れものがあった。外国の教員養成に見倣《みなら》ったものだから、罪はそちらのほうにあるといってよい。

何かというと、声を出すことを忘れていたのである。読み、書き中心はいいが、声を出すことをバカにしたわけではないが、声の出し方を知らない教師ばかりになった。

小学生の教室は、おとなしくない。さわがしいところで授業をするには、大声が必要だが、発声法のかけらも教わっていない教師たちである。むやみと声を大きくする。もちろん胸式《きょうしき》発声。腹式発声ということのできない先生ばかりだったことになる。

歌手になる人たちは、発声の訓練を受ける。それと同じくらいの教育を、ことに小学校の教員は受けていなくてはならないのだが、それに気づく人がいなかったのはたいへんな不幸である。

新卒の先生が赴任する。小学校は全科担任制だが、朝から午後までしゃべりづめである。声の出し方の訓練を受けたことのない人が、そんな乱暴なことをすれば、タダではすまない。

早い人は秋口に、体調を崩す。戦前の国民病、結核にやられる。運がわるいと年明けとともに発病、さらに不幸な人は春を待たずに亡くなる、という例がけっして少なくなかった。

もちろん、みんなが首をかしげた。大した重労働でもない先生たちが肺病で亡くなるなんて信じがたい。日本中でそう思った。

知恵（？）のある人が解説した。先生たちは白墨《はくぼく》で板書をする。その粉が病気を起こするというのである。この珍説、またたくまに、ひろがり、日本中で信じるようになった。神経質な先生は、ハンカチで口をおおい、粉を吸わないようにした。それでも先生たちの発病はすこしもへらなかった。

大声を出したのが過労であったということは、とうとうわからずじまいだったらしい。

もちろん、口のはたらきは、ことばを発することだけではない。食べたものを嚙《か》むのも大切なはたらきである。よく嚙むと頭脳を刺激して、頭のはたらきをよくする、というのも、多くの人の知らないことである。

もっと重要なのは、声を出すと、頭のはたらきだけでなく、体の健康をよくするということである。そして、声を出すことが運動効果があるという点である。

お寺の僧侶《そうりょ》たちはさすがである。朝晩、大声でお経をあげて、運動不足を解消している。朝晩のお経をあげていて元気だった和尚《おしょう》が引退すると、急に弱って……となる。それで子にあとをつがせず、孫にあとを譲《ゆず》るケースがふえたという説もある。

学校の教師も、在職中はピンピンしていたのに、退職すると、あっという間に亡くなるケースがかなりある。やはり声を出さなくなったからであろう。

もっと重大なのは、うまく口を使えば、頭もよくなるということである。日本人は本を読むことをありがたがるが、気のおけない人たちと心ゆくまでおしゃべりをすると、その間だけ頭がよくなるらしい。これは研究に値《あたい》するテーマで、人工知能（AI）に対抗する一法となるかもしれない。

口の力は、広く、多岐にわたる。それを見のがしているのは、いかにも惜《お》しい。

レム睡眠思考

日本人は「目で考える」（ブルーノ・タウト）といわれて、ひどくおどろいた。はじめはほめられたのかと勘違いする者もあったらしいが、だんだん本当に考えることができないことだとわかって、忘れようとした。いまどきは、このことばをよく知っている人はすくない。

ものを考えるのは頭である。目はもともとモノを見るためにあるのであって、その目で考えるのは邪道《じゃどう》である。

目で考える、といえるなら、耳でも考えられるはずである。さらに、口にものを言わせて考えることもできるはず。それどころか、口はしばしば、耳よりも考える力が大きく、頭というものの入り口は、口である、と考えることができる。

しかし、そんなふうに考える人はこれまでいなかった。口はバカにされて、へらず口、口先だけ、口は災いのもと……などロクな言われ方をしない。その口がものごとを考える、と考える人がいなかったのは、むしろ当然であるかもしれない。口は大昔から泣いているのが人類の歴史である。

そんなことも考えずに、よその国のことを目で考える、といって得意になっているのは、考えてみれば愛すべき稚気《ちき》である。口の思考を忘れているところでは、五十歩百歩、であるといってよい。

頭で考える、といってみたところで、頭のどこで考えるのか、はっきりしているわけではない。だいたい、「考える」ということがはっきりしていないのに、二口目には「考える」というのは、一種の欺瞞《ぎまん》であるかもしれない。

かつて、「歩いて考える」というのが知識人のあいだで流行のようになり、そのために、ムリをして散歩を日課とする人があらわれたが、本当に考えが生まれたのか、はっきり検証した人はすくなかった。

歩いて考える――哲学的なにおいがするから愉快である。本当に歩いて生まれる思考があるのか、などウルサイことをいう人もなく、散歩がブームになり、万歩計が売れた、というのはいくらか漫画《まんが》的であった。

散歩が、いわれるほど、知的であるかどうか疑問に思う人がすこしずつふえて、散歩ブームは消えたようである。当然である。

もともと、考えることが嫌いかもしれない人間である。すこしくらい理屈《りくつ》をつけても、考えられるようになるわけがない。

知識なら、本を読めば得られる。読書にかけては、日本人はすぐれている。すこしいきすぎるくらい読む。本は過去形であるから、現在形、未来形の思考が忘れられてきたのは是非《ぜひ》もない。

ものを考えるのは起きているとき、と思っている人が多いが、これも本当にそうかと吟味《ぎんみ》した人は、ほとんどいないようである。

たとえば、立って考えるのがいいか、横になって考えるほうがいいか――こんなことすらわからないで知識人ぶっているのは、たいへんおかしい。

直立歩行は、ものを考えるのに適していて、人間の知能がほかの動物よりはるかに高くなったのは、直立歩行のおかげであるように考える人がすくなくない。

本当にそうか。直立歩行は、動物としても健康的ではない。夜になると、横になって眠る必要がある。昼のあいだは、仕事をしたりする必要があって、直立歩行をする。

できれば昼寝をするのが健康的ということは、立っているのが肉体的にも、かなりの害をともなうことを暗示している。

眠ることで、体は安まる。疲労がとれるが、それだけではない。

頭の一部は眠っているあいだ、はたらいている。昼間に入ってきた情報はおびただしく、有用なものばかりではない。ゴミのようなものがたまってはコトである。

自動的な仕分けがおこなわれる。頭のゴミ出しである。

それをおこなっているのが、レム睡眠《すいみん》である。睡眠の一種で、人間にまかせてはおけないから、自律的におこなわれる睡眠である。人類は長いあいだ、このレム睡眠のことを知らなかったのである。

ふつう、忘れることと結びつけられることが多いから、レム睡眠を重視する人はまれである。しかし、「頭がいい」とは、このレム睡眠が順当に進められていることをいう。

レム睡眠の忘却作用が十分はたらかないと、知的鼻づまりになってしまう。よく忘れる頭がよい頭なのである。

朝、目ざめたときは、気分爽快《そうかい》ですがすがしい。頭の中がきれいに掃除されているからである。頭にこびりつくような悩みなどがあって、レム睡眠でも処理できないと、朝の目ざめは、すっきりしないことになる。長くつづけば病的になるおそれがある。

いまのところ、レム睡眠は、不良情報の処分のはたらきだけが注目されている。考えてみると、それは、偏《かたよ》った一方的見方であるように思われる。

不良でムダなものを捨てるだけではなく、レム睡眠は、新しいアイデアなどを生み出すはたらきをしている。

前の晩、いくら考えてもわからなかったことが、朝、目をさますとポッと浮かび上がってくる。発明、発見になることもある——というのは、古くから語り伝えられてきたことである。朝の頭は夜の頭よりすぐれているといっても差し支えないだろう。

レム睡眠は忘却の機能として重視されているが、その積極的価値に気づかれていない。不当である。うまく忘却するにはレム睡眠が不可欠であることは広く認められているが、一面的である。

レム睡眠には、ポジティブな創造的効力がある。レム睡眠思考としてよい。

朝、目をさまして、すぐ起き上がるのではなく、しばらくのあいだ横になって、天《てん》井《じょう》をにらんでいると、レム睡眠思考の末尾が見つかるかもしれない。長いあいだわからなかったことが、このレム睡眠後の思考によって、ヒラメキのように解決することがある。

ドイツの科学者、ヘルムホルツには、「朝、ベッドにて」と明記された論文がいくつもあるという話だが、レム睡眠思考のお手本のようなものである。

ものを考えるには、立っているより横になっているほうがよく、ゴミが掃除されたあとのほうが好都合であるのは考えるまでもないことである。

勉強と称して、夜おそくまで本を読むのは、あまり賢明でないかもしれない。

レム睡眠思考を考えれば、朝の起床前の頭のはたらきが貴重であることははっきりしている。

三つの苦

若いときに覚えたことはほとんどすべて忘れてしまったが、忘れきれないことがいくつかある。

「花のいのちは短くて、苦しきことのみ多かりき」

という、ある女流作家のことばは、忘れられなかったことばのひとつである。すこし大人になると、厭味《いやみ》を感じるようになり、そのために、いっそう忘れられないことばになった。このことばは成功を誇っているのであって、「苦しきことのみ……」というのは伴奏にすぎない、ということがわかって、おもしろくなかったのだ。だが、人をだましたようなところが快くて、こだわったらしい。

もちろん、こちらは雑草のようなもの、〝花〟など見たこともない。たとえ、ひとときでも、花を咲かせた人生なら、苦しいことがあろうとなかろうと、問題にすべきではない。神妙にしてほしいという心情が、あったからであろう。

そういう反発を感じたのは、大きな苦しみに苦しんでいた最中だった。

小学三年の秋、私は、生母を失った。あわれであったのは、それがどんなに大きな不幸であるか、教えてくれる人がいなかったことである。

悲しむことを知らない少年は、母の葬儀《そうぎ》などで人が集まり、にぎやかな空気になったのを、おもしろいことのように思っていた。

いくらノンキでも、幼くして母を失うのが、人生に起こる大きな不幸であることは、すこしずつわかってくる。

うちにいるのが、おもしろくない。あてもなく野道を歩いて、日が暮れ、お寺の鐘をたよりに帰ってくる、といったことをくり返した。

本家のことはよく思っていなかったが、この際だ、伯父に相談して、父の再婚をつぶしてほしい、などというバカげたことを考えて真剣だった。「天上天下、われのみ」と思ったのが九歳の少年だったのだから、おかしいようなものだが、本人は真剣だった。

ただ一度も、自殺しようと考えたことがなかったのは、自殺ということを知らなかったからで、まことに、〝知らぬが仏〟である。

父は賢明であった。こういう子をうちにおいてはロクなことがない。寄宿舎のある中学へ入れようと考えて、そのとおりになった。そのころ、県下には寄宿舎のある中学は二校しかなく、近いほうの学校もかなり離れていた。

小学校の担任が、どうして地元の中学へ行かないのかとウルサかったが、寄宿舎に救われたのである。

ひとりで生活してみて、母を失ったかなしみは沈静化したようで、生活に張りが出た。スポーツ能力の高いことも、この中学で気づかされて、ずいぶん明るくなったようである。

母は死をもって、わが子の成長を助けてくれたのである、というのは、三十年もしてからわかったことである。

スポーツに熱中し勉強は二の次にしていたのを、中学校の英語の先生が、教員室で実名をあげて大声で非難しているのを、まったく偶然に廊下を通っていた私が聞いてしまった。

どうして陸上競技に熱中してはいけないのかわからないが、悪いのならやめてやろうと思って、その日からグラウンドに出なくなった。

そして、英語の受験参考書を買ってきて、猛烈に勉強した。百メートルの記録を一秒縮めるのはたいへんだが、参考書は一日に十ページでも進むことができる。

学力がのびたのは、この本のほかのところにも書いたから、くり返さないが、たいへんな失敗をしてしまった。

ばったり競技の練習をやめるのがたいへんに危険であることは、そのころ、医師でも知らなかったから、田舎の中学生にわかるわけがない。数年して、アレルギー性喘息《ぜんそく》になり、ひところは、文字どおり死ぬかと思う苦しみを味わい、人生観が変わった。

そのころ、というのは昭和二十年代から三十年代にかけてのころだが、医学は喘息に対してまったく無力であった。何も治療してもらえず、苦しむだけなのである。

死ぬのではないかと思うほどの呼吸困難にたえて、精神をきたえた。このまま死ぬことになるのかと思っていると、アメリカで吸入薬が開発されて助かった。

喘息は死ぬ苦しみにたえる力を養ってくれた点ではありがたかったが、あの苦しみは二度としたくない。

そういう病苦ほどではないが、経済的弱者、貧乏の苦しみ、貧苦というものも、ちょっぴり知っている。

うちは、分家で、本家はまちでも一、二を争う素封家《そほうか》だったから、本家へ行くたびにわが家の貧しさを思い知らされて、同じ年ごろのイトコを陰でいじめたりした恥ずかしい思い出をもっている。

どうして、うちは本家のように豊かでないのか。ひとり、そう考えて、おもしろくなかった。

それが、刺激になって、学校の成績で見返してやろうという気持ちになり、勉強が好きになったようであるから、貧苦を味わったなどとはいえないが、もっと豊かな家庭で育ちたかったとは何度思ったかしれない。

半分、冗談で、われは三苦に苦しんだと思ったこともある。サンク、複数のsをつけるとサンクスとなる。thanks である。

自分の一生をふり返ってみると、サンクスのおかげが大きいと思う。

不幸、苦労をおそれ、嫌い、のろうのはよくないことのように思っている。

補遺

「100年人生を生きるコツ」

（外山滋比古・談）

年齢ごとに頭の使い方を切り替えていく

日本人の寿命が延び、高齢化といわれて久しいですが、長い人生を生きるうえで、ひとついえるのは、年とともに頭の使い方は変わる、ということです。若いころは学んで模倣する時期。その後は学んだことから脱け出したり、既成の概念に反撃する時期。学ぶ・模倣一辺倒はよくありません。

情熱の使い方にも時期があるでしょう。若いころはパッと燃え上がりやすいですが、年齢が上がるとじわじわ燃えていく。

つまり、価値観、生き方を切り替えることが人生には必要なのです。その切り替えによって、変化に対応して健康な活力を維持できるのです。

年をとるとまず記憶力が下がります。でも、その分、逆に思考力が上がります。覚えていないから新しいことを思いつける。なまじ記憶力があると、前にやったことや覚えていることをくり返すだけになるので、思考はあまり広がりません。

知識があると新しいことは必要ないし、新しいことが出てくると知識でつぶしちゃうんですよ。前例主義になりがちです。忘れていれば、とらわれることもない。

だから、年齢によって頭の使い方は変わってくるのです。

若いときはせっせと覚えて、記憶する。記憶しにくくなったらどんどん忘れて、その代わり、自家製の新しい辞書をつくるのです。

自分の頭で考えていれば、いくつになっても変わらない

学校では記憶人間を尊重する。優秀なのはみんな記憶力のいい人です。だから、中年になってものを覚えられなくなると、俺はもうダメだ、となりがち。

でも、そこからその人の真の姿が出てくるのです。地金《じがね》があらわれるのは、記憶頼みをやめたときなのです。

自分の頭で考えていれば、八十歳であろうと九十歳であろうと、あまり変わりません。どんどん忘れれば、次々と新しく何か考えなきゃいけないわけですから、ボケ知らずです。

若いときには私も一生懸命本を読んで勉強しましたが、本だけしか読まないで、ある程度の仕事をした人はだいたい四十代半ばごろから力が落ちてきて、それを挽回《ばんかい》する方法がないまま老化していくパターンが多い。

「もうトシだから、そろそろ考えるぞ」

今後、定年が延長していくことが予想されますが、日本は人口が減少していくのだから、少なくとも七十五〜八十歳ぐらいまでは、生産的な頭でいる必要があるでしょう。

小学校や中学の同級生を見ても、優等生ほど早く年をとっている一方、暴れん坊だった人は案外長生きをして、わりとおもしろく生きている。

「もうトシだから、そろそろ考えるぞ」って言ったほうがいいんですよ。

こどものときはせっせと知識を集めて、大人になったら人のつくった知識はちょっと忘れて、自家製の手前味噌《みそ》でも、とにかく自分で考えたことで勝負するのです。

職人とか芸術家もそうでしょう。先生について基礎を学び、工房に入ったりして師《し》匠《しょう》の作風でつくっているけれども、ある程度までいったら、それをいったん捨てないと自分のスタイルができない。

先生についているだけでは、先生もどきみたいな作風でしかないのです。

昔の人はそれがわかっていたから、芸術を志《こころざ》す人は学校へ行きませんでした。学校などで知識を教わることによって人間や創造性ができるという考え方は、古いんじゃないでしょうか。

おもしろいことがあれば大丈夫

九十代になったら違った境地になるかとか、新たなものが見えてくるかとか聞かれることがありますが、いくつになってもあまり変わりません。

戦争を体験してきたので、こどものころから、とにかく命が大事と思ってきた。その思いはいまでも変わりません。

命が大事で、それに比べれば社会的な評価や職業などは、だんだんどうでもよくなってきます。ある程度のたくわえも必要だから、いちおうの準備はしておく。これもそのうち、もうこれ以上カネをためる必要はないという境地になってくる。

すると、おもしろいこと、明日が楽しみというものがあるかないかで、年のとり方が大きく変わってくるのです。

「百歳まであとどれくらい」と言われても、数字はあまり当てにならないからね。その気があってもなくても、生きるときは生きる。

何でもいいんですが、おもしろいことがあれば、あまり年を気にしなくなるんじゃないか。年を気にしないのが、いちばんいい年のとり方じゃないかと思います。

知的なものは知識が中心で、文法でいうと過去形。昔の事実、あったことを基本にして考えるものです。

でも、頭は過去形だけでなく、現在形でも未来形でもはたらきます。むしろ、未来形で頭がはたらくほうがおもしろいことが出てくるのです。

一年が早い人は〝悪〟が足りない

最近は人間がちょっと小さくなっているように感じます。やっぱり人間はいろいろ雑多なものを経験したほうがいい。ウソも必要だし、ある程度の悪さもしなきゃダメです。悪いことは一種の楽しみ。おもしろいのです。いいことばかりしていたら人間がダメになります。

道徳的に見れば問題のあることを考えたとしても、思考という点においては、人は自由であり、責任を問われない。

「年をとると一年がとても早くなる」と聞くけれど、そうでもあり、そうでもなしです。早く感じる人はおそらく、まだ〝悪〟が足らないのでしょうね。

もうちょっと悪いことをすると、けっこう長くなってきます。常識といわれていることを外れると、やっぱり人は緊張しますからね。一瞬一瞬が濃く、味わい深くなるのです。

多少悪いこと、よくないこと、恥ずかしいことをやらないと、退屈《たいくつ》でボケちゃいますよね。

混ざりものがあるから18金は強い

親鸞《しんらん》が「善人なをもて往生をとぐ、いはんや悪人をや」（悪人正機《しょうき》）と、悪人こそが救われるといいましたが、これは本当だと思います。

いいことばかりしている人は、自分がえらいと思い込んでしまって努力をしなくなるから、本当の意味でえらくなりません。

自分を顧《かえり》みる力、自分には悪いところがあると感じられるのは、やっぱり悪人。悪人は悪いことをするから、つねに緊張しており、安住していないのです。

若いときは失敗やマイナス経験といった悪いこと、致命的にならない程度の悪いことを経験したほうがいいんじゃないかと思います。

いわゆるエリート、優等生は、悪いところが少ないから、人間的に浅くなります。人生の途中で力を失ってしまうのは、〝悪〟が足りないからです。

金でも24金の純金は弱くてダメです。18金ぐらいがいい。つまり、二五パーセントの混ざり物を入れることで耐久性が出て、はじめて金としていろいろ加工できるのです。

頭を使った生き方＝〝悪人〟になって生きること

年をとると人間が丸くなるとか、いい人になるといった話を以前よく聞きましたが、それは幻想です。そんな人がいたら、それはダメな人。水が清くては、魚は育たないのです。

思うに、昔の年寄りは遠慮していたのではないでしょうか。丸くなったというのは、反対すべきときでも反対しないということ。経済力がないから自信を失って、にこにこ笑って若い人に迎合するのです。

頭を使った生き方とは、極言すれば、〝悪人〟になって生きるということです。安住せず、しかも新しい何かを生み出す力がある。道徳的な善悪を越えたところで何か新しいものを創造する。いい意味での破壊者です。

前に『「マコトよりウソ」の法則』という本を出したのですが、「マコトよりウソ」なんて聞くと、常識的な人はギョッとする。マコトよりウソのほうが優れているという考え方は、常識的な人には居心地がよくないのです。

ましてや悪が必要だなんて聞いた日には、びっくりしちゃうでしょう。

「常識的」は無害だが存在感もない

なんでも常識的にやっていれば、周囲からはほとんど批判されません。しかし、批判されないのは安全ですが、退屈ではないでしょうか。

多少の批判をされても、それを乗り越えることがおもしろいのです。乗り越えられなければ失敗になりますが、たとえ失敗しても、乗り越えんとする試行錯誤があったほうがいい。

これは男女に関係なく、生き方の問題です。家庭の中の仕事だけしていれば、それほど失敗もないからわりあい正しくて、いいことだけしましょうと言っていられます。

社会に出れば、そこは一種の戦争です。汝《なんじ》の敵を愛せよとばかり言っていたら生きていられない。なんとか相手を倒そう、出し抜こうと頭を使い、あれこれ試行錯誤する。

そこには若干《じゃっかん》の〝悪〟が入ってきます。

人間は競争する生き物なのです。でも、家庭にいれば競争しなくてもいい。競争しなくていい人は道徳的になれます。

一方、負けるより道徳を無視しても勝ったほうがいい、という言い方が当然起こってきます。理想と現実ではないですが、世界を見まわせば、こうした態度はいたるところにあります。道徳的にはよくないけれど、しかし生きていくには必要だということ。

たとえば北朝鮮の金正恩《キムジョンウン》がいろいろな動きを見せていますが、彼は生きていくためにああいうことをするしかないと思っているんじゃないですか。

みんなから非難されても、傍若無人《ぼうじゃくぶじん》に振る舞うことによって存在感を発揮する。これはひとつのあり方です。道徳的にやっていたら、弱肉強食の国際社会では見向きもされない。道徳的なのは無害ですから。

そういう人がいることを認め、どうやって付き合っていくかということを考えられる頭も必要です。

いくつになっても脱線のすすめ

電車は脱線すると困るから、できるだけ脱線しないように走ります。でも、人間の頭は脱線しなきゃダメなんですよ。

人のつくったレールを行けば、終点まではたどり着けるけれども楽しくない。脱線しなければ、いつも後をついていくだけ。絶対に前を追い抜けない。ずっと脱線しなかったら、最後までビリのままです。

だから、脱線とか失敗ということに非常な意味があることが、ユーモアを解するようになるとだんだんわかってきます。

善悪を超越したところに新しい人間の価値があり、それは道徳的に非常にいいとは限らないけれども、おもしろい。

人間にとっての生きがいとなる、大きなもののひとつはおもしろさ。おもしろいことがあるというのは、非常な生きがいですよ。

常識的に考えれば脱線はよくないことだけれど、生き方としては、新しいことをするには脱線するしかないのです。コツコツと一生懸命やることがいちばんいいと思ってる人が多いわけですが、それとはまったく違うところに、人生のおもしろさがあるのです。

いわば「脱線のすすめ」。いくつになっても、どんどん「脱線」しましょう。

一見すると反社会的に見えるかもしれませんが、脱線する人がいないと新しいものが出てきませんから、世の中が成り立たない。

不安があるから頭を使う

社会保障というものは、じつは元気な高齢者にとってはよくないものだと思っています。

高齢者は老後の不安が非常に大きいものです。老後の不安があるから、みんな一生懸命に働いたり努力したりするのですが、社会保障で最低限の保障はしますよと安心させれば、みんな緊張感がなくなってぼんやりしてしまいます。

緊張感とはいわばハリであり、気持ちのハリがなくなれば、生きる力も低下して、病人のようになってしまうでしょう。

逆説的ですが、「このままでは死んでも死にきれない」という状態にするほうが、本当の親切というものです。不安があったほうが頭も使うのですから。

社会がよくなっていろいろと便利になると、頭を使う必要がだんだん減ってきます。いまはもう体を使わなくても、かなりいい生活ができる。昔は歩いていたところを車や乗り物に乗れますし、食べ物だって簡単に手に入る。

これは非常にいいことだけれども、その反面、簡単に食べ物が得られすぎるから食べすぎたり、太りすぎたりして健康を害してしまいます。

生きがいは自活から生まれる

大切なのは、高齢者がある程度の生きがいをもてるようにすること。毎日面倒を見てもらって、平穏無事にご飯を食べているだけでは、生きがいも張り合いもないでしょう。明日は天気がよくなるといいな、次はこれをしたいな、という期待や希望が言えるような生き方をするには、やはりなにがしか自分で稼がなくては。できる範囲で自活をする必要があるのです。

そのためには、発想を変える必要があります。

たとえば朝の新聞配達の仕事などは、朝に強い年寄りがやればいい。働き盛りの年代が眠い目をこすりながらやるより向いているでしょう。不在宅への再配達に人手も時間もかかると問題になりましたが、重いものは別として、何回でも配達する仕組みをつくって手の空いている高齢者を組織すればいい。

問題は、高齢者が働くにはどういう仕事があるかということです。

年をとると力がどうしても落ちますから、力がなくてもできる仕事、機械にはできなくて、しかし時間をかければできるという高齢者向けの仕事を、大量につくる必要があります。

ある程度の経済的、社会的な効果のある仕事をすれば、仮に収入がわずかでも、満足感はあります。自分で働いて得たお金で生きているという実感が重要です。

本来、働くことはかなりおもしろいことだと思います。ある種の成果や達成感があるし、自分ひとりだったら頭も使わず自堕落《じだらく》になってしまいますが、人と一緒に何かやるとなれば頭も使うし、いろいろ工夫もしていかなければいけません。楽しみも、生きがいも生まれます。

不安は「力」なり

いま、日本の人口がどんどん減っているというのは、高齢者にとってはひとつの恵みといえるでしょう。高齢化で経済力のない人がふえても、人口が減れば仕事はなくなりません。いまの日本は人手不足だから、仕事はいっぱいあります。

常識的な見方をやめて、発想を変えれば、いろいろな道が見えてくるのです。必要は発明の母、不安は力なりです。

著者略歴

一九二三年、愛知県に生まれる。英文学者、評論家、エッセイスト。お茶の水女子大学名誉教授、文学博士。東京文理科大学英文科卒業後、雑誌「英語青年」編集、東京教育大学助教授、お茶の水女子大学教授、昭和女子大学教授を歴任。専門の英文学をはじめ、言語論、教育論など広範囲にわたり独創的な仕事を続ける。

著書には二四〇万部のベストセラーとなった『思考の整理学』（ちくま文庫）をはじめ、『「マイナス」のプラス―反常識の人生論』（講談社）、『思考力』『思考力の方法』『忘れる力　思考への知の条件』『「マコトよりウソ」の法則』（以上、さくら舎）、『乱読のセレンディピティ』（扶桑社）、『老いの整理学』（扶桑社新書）、『知的生活習慣』（ちくま新書）、『50代から始める知的生活術』（だいわ文庫）、『外山滋比古著作集』（全八巻、みすず書房）などがある。

100年人生《ねんじんせい》　七転《ななころ》び八転《やころ》び
――「知的試行錯誤《ちてきしこうさくご》」のすすめ

二〇一九年六月九日　第一刷発行

著者　外山滋比古《とやましげひこ》

発行者　古屋信吾

発行所　株式会社さくら舎　http://www.sakurasha.com

東京都千代田区富士見一-二-一一　〒一〇二-〇〇七一

電話　営業　〇三-五二一一-六五三三　FAX　〇三-五二一一-六四八一

編集　〇三-五二一一-六四八〇　振替　〇〇一九〇-八-四〇二〇六〇

装丁　石間　淳

写真　高山浩数

印刷・製本　中央精版印刷株式会社

ISBN978-4-86581-202-2